U0896676

# 我们那时候

## ——许心龙小小说精选

许心龙 著

郑州大学出版社

·郑州·

**图书在版编目(CIP)数据**

我们那时候：许心龙小小说精选 / 许心龙著. — 郑州：郑州大学出版社，2020. 11(2023.7 重印)
ISBN 978-7-5645-7238-9

Ⅰ. ①我… Ⅱ. ①许… Ⅲ. ①小小说-小说集-中国-当代 Ⅳ. ①I247.82

中国版本图书馆 CIP 数据核字(2020)第 161558 号

**我们那时候——许心龙小小说精选**
WOMEN NA SHIHOU——XU XINLONG XIAOXIAOSHUO JINGXUAN

| | | | |
|---|---|---|---|
| 策划编辑 | 李勇军 | 封面设计 | 小　花 |
| 责任编辑 | 刘晓晓 | 版式设计 | 凌　青 |
| 责任校对 | 胡佩佩 | 责任监制 | 凌　青　李瑞卿 |

| | |
|---|---|
| 出版发行 | 郑州大学出版社(http://www.zzup.cn) |
| 地　　址 | 郑州市大学路 40 号(450052) |
| 出 版 人 | 孙保营 |
| 发行电话 | 0371-66966070 |
| 经　　销 | 全国新华书店 |
| 印　　刷 | 永清县晔盛亚胶印有限公司 |
| 开　　本 | 787 mm×1 092 mm　1 / 32 |
| 印　　张 | 8.375 |
| 彩　　页 | 2 |
| 字　　数 | 120 千字 |
| 版　　次 | 2020 年 11 月第 1 版 |
| 印　　次 | 2023 年 7 月第 2 次印刷 |

| | | | |
|---|---|---|---|
| 书　　号 | ISBN 978-7-5645-7238-9 | 定　　价 | 35.00 元 |

## 作者简介

许心龙，1970年生，河南柘城人。出版有小说集《一茶杯温暖》。迄今已在《小说月刊》《微型小说选刊》《山东文学》《百花园》和《人民日报》（海外版）等报刊发表作品300余篇。曾获《小说选刊》年度微小说奖，《小小说选刊》佳作奖，中国微型小说学会年度奖等。现为中国微型小说学会会员，河南省作家协会会员，商丘小小说创作研究会副会长。

# 序

## 小说来自小说

张笋

真正会读书的人心里都清楚，书本里面有一个与现实生活世界貌似而实异的“文学空间”。文学空间与现实世界的根本区别在于文学的“异质性”——语言的虚拟性，即文学作品是由语言文字作为载体的精神产物。它首先是一种文体、一种修辞、一种艺术形式。历来对文学艺术的误解都来自这种把艺术形式与现实生活的混淆。

小说是用“词语”构成的“生活”。我只需举两个例子，大家马上就会明白“小说”是怎么一回事。

一晃，父亲在打麦场上忙乎了半月

多，该颗粒归仓了。六月的阳光把父亲的背心烙在了身上，父亲洗澡时，脊背呈现出醒目的背心模样，白而发亮。

…………

这时，父亲伸出左手弯腰抓起一把温热的麦子，用力握了一下，伸开手掌盯了一会儿，又用右手食指来回划拉几下。

…………

……随着颚骨的上下晃动，父亲嘴里发出了清晰的嘎嘣嘎嘣的脆响。

“我要的就是麦粒嚼在嘴里的嘎嘣脆响！”父亲不容置疑地说。

这是本书《父亲的麦粒》里面的片段，它是用“词语”精心组织在一起的——这是“写作”。从这些文字中，“父亲”作为一个农民的形象清晰可见。小说就是用这种方式刻画人物的。

一晃，母亲已逾古稀之年，但她还在坚

持侍弄田地……

…………

母亲种地，是为了养活我们一家老小，更是为了供应我们弟兄姊妹几个念书……

…………

母亲打我小时候就说，天地之间有一口气，人活着就要争这口气，念书识字才有出息……

…………

母亲的秋天，注定是收获的季节。收获满仓的粮食，收获人生的幸福。

这是《母亲的秋天》——儿子给予母亲的赞歌！这就是感恩——不忘初心！

一个描写刻画，一个概括叙述，这是小说的语言——通过将人生的感悟转化提炼为语言文字，准确地表达了作者的意图。

记得第一次为心龙的著作作序是在十年前的春

天。一晃十年过去了（这中间心龙写了《一茶杯温暖》，那是2016年，我为他写了《把自己的理想照进现实》作为序），这是他第三本小小说集。他执拗地再次邀请我写序。这个“小小说家族”还在逐渐壮大，而我既是最知情的读者，又是见证人。

以往谈论心龙的小说，都是从“生活”的角度，现在看来还远远不够，而且很容易进入误区。这个“误区”就是向所谓的生活索要艺术。以往我们形成了一个共识，好像只要有“生活”，大家就能创作出好作品。而事实上绝非如此。心龙的小说创作本身就是一个最好的例证，这个“事实”就是我们都生活在同一个县城里，在这个超过二十万人生活的小县城里，我们知道真正像心龙这样能写出小说的人屈指可数。难道我们这些人没有“生活”吗？事实是这样的，并不是每一个正在生活的人，或拥有人生阅历的人，都能够写出像样的、能让人接受的小说作品。我们知道，真正优秀的小说家凤毛麟角！

以往，我们创作的信条是“艺术来源于生活”，这句老生常谈并没有错，我们永远不会忘记。

可是在这个常识之外，还有文学的历史和小说的传统，我们需要向传统学习，我们需要读书。我看到许多当年投身于文学创作的人，就是因为忽视了读书和学习，而迷失在“生活的洪流”之中。因为真正的文学理论教导我们：“文学只能是来自文学。”（具体地说，诗只能来自诗，小说只能来自小说。）托马斯·曼明确地告诉我们，记不住一部小说的人是不可能写出小说来的。对于真正想投入小说创作的人来说，他们需要重新树立一个信念：“小说来自小说。”

小说写作必然来自对前人优秀小说的阅读。我们要致敬经典。我们无法想象一个没有读过小说的人可以无师自通地写出小说来。那么，我们为什么要阅读小说作品呢？哲学家叔本华告诉我们，为了“知性的快乐”。因为阅读会让我们获得关于人生的认知和精神享受，而当我们从他人那里获得了足够的认知以后，我们也会乐于和大家分享这种快乐，于是，我们就产生了写作的动机，写作也因此代代相传而成为我们的文化传统。

纳博科夫，这位优秀的小说家和文学教授认

为，小说艺术是“一种神圣的游戏”。说小说艺术是一种“游戏”指的就是语言文字的虚拟性，而“神圣”则是说小说艺术是一种精神创造活动。这就是说，小说是一种既严肃又活泼的艺术形式，它可以包罗万象。不管它是大还是小，是长还是短，可以卷帙浩繁，也可以短小精悍，只要能给予我们精神上的享受，都是好作品。

在心龙的自述里有这样一句话：“我的业余爱好，读点书，写点零碎的文字。”他给自己的定位十分清楚，在日常的生活空间里给自己划出一块属于自己的文学空间，这是明智之举。毋庸讳言，真正从事文学写作的人需要大量的时间投入、大量的阅读，甚至于向壁苦思、呕心沥血，需要牺牲与付出。初学者往往不识深浅，好高骛远，不自量力，结果往往是无功而返。像心龙这样能在小小说界站稳脚跟，并有所成就的并不多见。小小说讲究“短平快”（十分钟以内的阅读），与现代城市生活的快节奏十分吻合，因此蔚然成风，不失为文学世界里的一道风景。对于优秀的专业作家来说，这也许只是文学的一个起点（文学有高山和大川。托尔斯泰自言，在他写出《战争与和平》之前，他所有的写作都是习作）。即便如此，我们中间又有几个人能够坚持下来呢？

纳博科夫教导我们首先要做一个“优秀的读者”。他对我们讲：“在读你喜爱的书时，必然会带着战栗与惊悸……文学，真正的文学，是不能囫囵吞枣地对待的，它就像是对心脏或大脑有好处的药剂似的——大脑是人类灵魂的消化器官。享用文学时必须先把它敲成小块、粉碎、捣烂——然后就能在掌心里闻到文学的芳香，可以津津有味地咀嚼……那些被碾碎的部分会在你脑中重新拼合到一起，展现出一种整体的美，而你则已经为这种美贡献了你自己的血液。”（出自《俄罗斯文学讲稿》，丁骏、王建开译，上海译文出版社，2018）

读书的秘诀是掌握精髓。之所以引出这样一段话，是因为纳博科夫不仅是在教我们怎样欣赏文学，还在教我们如何才能学会写作。因为读书和写作是不可分割的整体，当你读到的书一旦起到一种让你震颤的效果，这本书就会潜移默化地具有了“文学的种子”功能，于是，写作就变成了自然而然的事情。当我们获得了一种崭新的文学理念或眼光，无论是过去我们熟悉的经典名著，或者是离我们最近的许心龙的小小说——我们都需要重新阅读！

对待文学，我们首先应该怀着虔诚与敬畏之心，从中获得感动和感悟，然后我们的作品才有可能去感动广大的读者。

是为序。

2019 年 11 月 25 日写于柘城

（张笋，原名张海军，柘城县文联原副主席。出版有专著《秘密的神话》等）

# 目　录

# 忆一场爱情

天空飘着鹅毛大雪，雪花像翻滚的数不清的蝗虫一样。我挎着爸爸的胳膊，踏着覆盖着曲径的厚雪，走进南丁格尔公园。爸爸需要散心。他不时抬头望望迷茫的雪雾。爸爸不止一次说过喜欢下雪天，没料到他这么喜爱下雪。好在我们生活在中国的北方，大雪几乎年年有，不在三九在四九。我们的大袄上很快覆盖了一层白雪。爸爸不让打伞。爸爸说打伞看雪景就没意思了。

突然，爸爸很兴奋，非要回医院见护士。爸爸脚下的厚雪，好像给了他莫名的灵感。这些天，爸爸心里装的尽是妈妈感染的病毒，还有她两叶肺上的炎症。迷茫的爸爸六神无主，气得连口罩也不想戴了。

爸爸望着护士，爸爸只能看见护士的俩黑眼珠在护目镜后转动。爸爸恳切地说："不讲啥情况，我这几句话您都要提醒她。”

护士点点头。每个护士都理解病人家属的心理。南丁格尔公园就是纪念最美护士的。

作为儿子的我有幸旁听了，还有我新婚的妻子。从爸爸的眼神里（其实是有点儿绝望），我感到纷飞的大雪里必然有故事，妈妈和爸爸的故事，或许是雪花一样洁白美好的故事。

任他说吧，因为在这个世界上，没有任何血缘关系又最亲近的人，就是他的爱人。

果不其然，大雪里真有故事——

那是一个礼拜天的下午，爸爸去妈妈家。爸爸不是去走亲戚，而是去找妈妈。那时他们还没有结婚，正谈恋爱吧。那天的天色出奇地灰暗，要下雪的样子。妈妈不在家。那时不像现在人人有手机。妈妈还没有放寒假，还在学校里组织期终考试。姥姥见了爸爸，让他进屋喝茶。没有妈妈在，爸爸不好意思进屋。姥姥抬头看看天，找把伞，递给爸爸。爸爸顿悟姥姥的用意，是让他去学校接妈妈呢。爸爸喜不自禁地夺门而出。姥姥肯定久久望着爸爸欢快的背影，直到了无踪影。

姥姥是一个有眼光的人。那天傍黑，飘起了雪花，雪越下越大，越来越密，随风翻飞。姥姥望着妈妈学校的方向，第一次没有了往日的担忧。

爸爸手持雨伞，望着天空，期盼着老天快快下雪。拿着伞，爸爸有了底气。姥姥给了爸爸信心。后来爸爸一直都很孝顺姥姥，大概就是从那时开始的吧。

妈妈学校的办公室，那时条件还很差，没有空调，取暖全靠桶式煤火炉子。学校办公室里空荡荡的，校园也是空荡荡的，因为学生在考试，老师在监考。爸爸大模大样地坐在火炉旁取暖。

天快落黑时，钟声响起。这时，雪花从天而降，纷纷扬扬。可爱的雪花催促着学生和老师们各自离去，校园很快一片寂静，唯有呼啸的北风。

妈妈推开办公室的门，愣了。爸爸似雪花一样从天而降，着实意外。妈妈发现爸爸身边熟悉的雨伞，似乎明白了什么，微笑着坐在了炉子旁。二人围着红通通的小煤火炉子，一时却没了言语。突然，爸爸发现火炉上的手跟透明的一样，就说：“人的手，难道是透明的?”

“手是肉，咋透明呢?”妈妈说。

“不信你看，我的手下面是红火光。”爸爸认真地说，“你看手上边，是不是红色的?”妈妈好奇地发现手上边真是红色的。妈妈不由得乐了。

“来看看你的手透明不透明。”爸爸接过妈妈的手，发现这只手纤细匀称，柔弱无骨，质滑似绸，温润可人。妈妈把另一只手也伸到了火炉上。妈妈察觉到爸爸的手雄浑遒劲，厚重如山，激情似火。四只手在炉火的映照下，像四个泥娃娃，翻滚交织在一起。

咔嚓一声脆响，是枯树枝被压断的声音，妈妈吓得站了起来。

“哇，好大的雪呀!”妈妈不禁喊道。

爸爸扭头望去，黑暗的天空下，早白茫茫一片了。

爸爸站起身。猛然，一股带哨音的猛风把妈妈吹歪在了爸爸的怀抱。

天黑路白，两人嘎吱嘎吱踩着积雪。妈妈随手团起一个雪球，递给爸爸。爸爸索性合了雨伞，接过鸭蛋一样的雪球，奋力投向远方。妈妈继续团雪球，团着团着，妈妈突然说：“咋感觉雪球很温暖呢?”

爸爸笑了，笑得很响亮。

妈妈毫不客气地把那个很温暖的雪球砸向爸爸。

不觉到了妈妈家门口。

昏黄的路灯下，妈妈发现姥姥倚在门框上瞅着他们呢……

听完爸爸隔着口罩把想说的说完，护士望着我说：“爸爸妈妈年轻时挺浪漫的呀!”

“哦，对了，”爸爸急切地又说，“那把伞，我双手递给姥姥了呢!”

“值得记忆的一场爱情，”护士激动地说，“弥足珍贵啊!”

“谢谢您，护士!”爸爸弓腰送护士离开。

“放心，”护士微笑着说，“我会适时提醒老妈妈的。”

“你看这个护士多好!”爸爸又说。爸爸无限感激，我也无限感激。

妻子突然盯住爸爸说：“爸，明年我请您和妈妈去哈尔滨，好好过过雪瘾，让妈妈多团几个雪球。”

不久，护士对我们说：“病人免疫力持续提升，即将痊愈，很快就能出院了。”

爸爸的眼睛煤火炉子一样亮堂了起来。爸爸仿佛又看见自己的手变透明了。

护士看着我爸爸，说：“老人家，您知道吗，听了你们的爱情故事，我决定报名去武汉。武汉那么多人感染肺炎，那么多人背后该有多少美好的故事啊！我想让美好的故事延续。”顿了一下，护士伸出手打了个“V”字手势，笑着说：“出征！明天！”

纷纷扬扬的大雪，在爸爸眼里再次恣意纷飞。

爸爸对护士讲的爱情故事，其实比较简短。我记得这么细，是因为妈妈出院后，我们一家四口在一起又说起了那场爱情。疫情过后，人们会更加珍惜那些美好的往事吧。

## 东风暖

车门刚关闭，我忙示意刘师傅打开车门。我探头朝门外干呕了几声，撕心裂肺地干呕。梁市长笑了。梁市长说：“没大学校园空气好吧？”我倒没发现梁市长呕吐一次，真的，他平静得跟在清香的公园里一样。身处臭气熏天的垃圾处理场，没有超人的肺功能，不干呕几次真是不可想象。

正想着，车子来到了一处梨园，袭来阵阵熟果子的清香。我长吸口气，肺泡才算安稳。“下去遛遛，透透气吧。”梁市长隔窗望着梨园说。

下了车，我才注意到梁市长一身休闲装，穿着白底黑色运动鞋。刘师傅提醒我，梁市长私访性质的调研，不准称呼职务。我点点头。我也早有耳闻。古代坐轿人的身份一眼就能看出，而如今坐车的不定是啥身份呢。

梨园面积不大，稀稀落落没几个人。偏西的阳光洒在枝叶空隙。梁市长沿着小径往前走。边走边看，感叹一棵不高的梨树竟能挂十几个果子，错落有致，大小不一。

这时，从左边梨行里走出一个人来。这个人穿着深蓝色 T 恤衫，领口的几个扣子全扣着。

“梨好卖吗?”梁市长望着远处密密的梨林说。

“行情不太好。”那人说，“其实这梨品质好，皮薄，肉嫩，多汁，核小，无渣。”

“这梨子的颜色不错，金灿灿的。”梁市长笑着说。

“这梨叫金果梨。”那人露出了笑容，“你看一个一个果子挂在那儿，多灵气!”

我发现这个人很有成就感，只是满树梨子不是让看的，是让大家吃的，得销售出去才行啊。

“这品种是从哪儿引来的?”梁市长也来了兴致，刨根究底。

“从山东滨州引来的。在青岛当兵时，我经常吃金果梨，几天不吃就想得慌。”这个人大概是找到了知音。从这个人的脸色上，我倒没发现一丝梨子滞销的忧愁。

“一晃在部队三十多年啊。”这个人又补充道。

“我也是部队转业的。”梁市长说，“只是没您在军营时间长，回来服务地方了。”

忽然，树林里传来呼呼啦啦、叽叽喳喳的斗鸡厮咬一样的声音。埋伏的十几只麻雀呼啦一下窜出，惊得片片树叶簌簌发抖。

“呵呵，别怕。”这个人指着梨树上挂着的一个东西说，“那是驱鸟器，吓唬鸟的，要不然落地的果子比这还多。”

这时，一个年轻的女子赶来，端着一杯红茶。

“我二闺女。哦，忘了介绍，我姓房。老弟，您贵姓?”

“姓梁。”我忙接道。

梁市长望我一眼，眼神明显是夸我这个新秘书称职。

“来，拣个大个的，让您尝尝。”老房说着从腰里掏出水果刀。

老房很熟练地削好一个梨，递给梁市长。

梁市长忙说："切一半，那一半给他们吃。"

"梨园里还能缺梨?!"老房瞪着眼说。

梁市长咬一口，汁液挂在了嘴角。"好吃，好吃。"说着，又咬了一口，很响地咀嚼着。突然，他向对面的老房摆手："来，咱俩合个影。"

梁市长右手举着啃了几口的梨，嘴里还不停地嚼着，示意我拍照。身后老房的二闺女也举起了手机。

拍好照，我望老房一眼，心里说，你老房也真有福气，因为梁市长一般不跟谁合影的。

这时，老房的闺女说："这个梨园投资了几百万，销路不好，梨子都有烂的了。"

"要是为了赚钱，就不费心弄这梨园了。"老房说。

"可以联系电商，搞网售。"梁市长望着老房，伸出了大拇指，"军人情结，还没褪色啊。"

夕阳像一只硕大的金果梨挂在天边。我们转身返回……

礼拜天一早，我的手机响了。

“赶紧起床，去城南房庄梨园采摘梨去。”是同学张华。

“可火了，金果梨，比黄酥梨强多了。”张华很坚持，忙解释。

金果梨？我一下子想起了上周在梨园的情形。

“市长都亲自在梨园吃了梨，还与老板合了影。”张华又说，“朋友圈刷屏了呢！”

翌日，我给梁市长如实汇报了梨园的热闹。

梁市长笑笑说：“老房这个人是好样的。要不然，我也不会吃着梨跟他合影。那天，我在车上老远就看到梨园里疙疙瘩瘩的都是梨果，就知道他们销路不好。我们不能白吃老房的梨啊。”

“这东风借得好啊！老房二女儿真聪明！”我感叹道，“不过，当时她还埋怨老房，说明她没有真正理解她爸。”

## 失　心

那年春节，洪强从北京赶回老家过年，想给父亲过七十岁的生日，再就是把刚擢升的消息告诉二老。洪强闭目想起在网上看到的有关家乡的“萝卜产业兴旺，百姓致富有路”的信息，家乡的官员真可谓殚精竭虑啊。

还没下车，同学张茂仁的电话打了过来。张茂仁不愧为宣传部门干事，嗅觉真是灵敏。他先接住了洪强的拉杆皮箱，接着把拉杆皮箱和洪强都塞进了小车里。张茂仁边发动车，边笑说：“宣传部刘部长在粤海大酒店恭候您呢！”

“咋能惊动部长呢？”洪强有些意外，“我这趟回来，还有点特殊事的。”

“不就是回家过年吗？”张茂仁说，“在家多待几天吧。”

“中午我得回老家。”洪强继续解释，“我们改日再叙吧。”

没等洪强说完，小车开进了酒店，一干人等把洪强簇拥进了金碧辉煌的大厅。

这个时候，洪强不得不把想给父亲过七十岁生日的事情说了出来。

“这个好办。”刘部长爽快地笑说，“把老爷子接到酒店，我们一块儿给他庆贺生日。”

“使不得，使不得。”洪强忙制止，“家父他很少离开家里，恐怕他……”

“还不赶快去接！”刘部长瞅着张茂仁命令道。

张茂仁转身走出了酒店。

“家乡的发展，还得仰仗您这个京官呢。”刘部长握着洪强的手说。

大家说笑间，凉菜摆满了一桌子。

这时，刘部长的手机响了，是张茂仁的电话。就听刘部长“嗯嗯”几声，说：“让洪主任跟老爷子说话吧。”

洪强接了手机，那边的电话却挂断了。洪强有些尴尬，忙说："请刘部长见谅。"又摇了一下头，说："家父没出过远门，我几次三番劝他到北京看看，至今还没成行。"

觥筹交错间，服务生上了一道菜，是一大盘白萝卜粉条。

"这道菜，又叫长寿菜。今儿要是洪老爷子来了，这道菜也能助兴不是?"刘部长笑着说，"它顺气化食，消炎止咳，好处多多。请洪主任品尝。"

"政府搞'三产'为民出点子，全县群众都抢着种萝卜呢。"众人说着举起了筷子。

这时张茂仁回来了，他说："老爷子咋劝也不上车。"

洪强忙起身让张茂仁入席，说："辛苦老同学了，请见谅，家父固执。"

众人吃了一口白萝卜粉条，表情明显异样。

刘部长发现，有的人勉强将白萝卜粉条咽下，有的人干脆吐进了垃圾篓里。刘部长忙品尝一口，突然严肃道："叫服务员，这咋回事?"

洪强也吃了一口，感觉味道尚可，只是油晃晃的白萝卜条十涩松软，没有了质感。

"这萝卜糠了。"大家纷纷说，"没想到这药萝卜会滞销！"

"还不赶快撤下！没有心的萝卜，我们咋吃？"刘部长烦躁地摆摆手，"真扫洪主任的兴了。"

"也难怪，时间一长，萝卜水分流失了。"

"没事，没事，"洪强忙说，"味道还是那个味道。"

这时，刘部长起立，右手端杯，笑道："我提议，共同为洪老爷子的七十岁生日祝福！"

清脆的玻璃杯撞击声中，刘部长兴奋地说："我祝老爷子——"刘部长说着弹出一个手指，大家齐声读"一"；又并列伸出两个手指，大家齐声念"二"；又把大拇指和食指缓缓闭合成圈，众人齐声喊"零"。

"一百二！"众人喊道。

刘部长瞅着洪强说："一百二十岁，好吧？"

洪强不由得乐了，没想到刘部长恁有才。

"高寿！高寿！"众人一阵喝彩……

洪强晕晕乎乎回到乡下老家，天色已晚。

洪强迷迷糊糊中记得张茂仁送他到家，还迷迷糊糊地记得张茂仁说要把他家门口的出路修水泥路什么的。

一觉醒来，昏黄的电灯泡亮着。母亲正坐在床沿儿上，端着一碗茶。洪强喉干舌苦，侧身喝了一大口，茶水甘甜。

就听见母亲说："白糖茶解酒。"说这话的时候，母亲的几绺华发在灯光下不停地飘动，若有若无。她蹙着眉头说："强儿，今儿送你的那个人，带来了几箱酒，还有饮料啥的，你爹说不能动这些东西。你爹还嘱咐，咱门口的路不能修。你爹说光修咱门口的路，别人会说闲话的。说你要真有本事，就把咱村的路都修了。"

洪强一下子坐了起来，打了个嗝儿，有酒气，有萝卜味。他感到整个头都疼。

"俺爹呢？"

"你爹喝完茶，出去溜达了。你起来吃饭吧，饭在锅里，我端去。"母亲说完，端来大半盆白萝卜粉条。

洪强发现跟酒店的那盘差不多，萝卜是疲沓的糠萝卜，只是外表没有酒店那盘明亮油大，也没有酒店那盘切得细致美观。

“你爹出门前，还埋怨你咋喝恁多酒，会喝坏身子的。”母亲看着洪强，“你爹不去城里，我觉得在理。他们先前咋没开车来过？我们可不能光要面子，不要里子。”

洪强眼里涩涩的，说：“爹今年整七十岁了。”

“嗯，七十的人了。”母亲望着盆里的热乎乎的萝卜粉条，“快趁热吃吧，只是这萝卜没了心，糠了。村里到处都是，扔了也可惜。”

母亲的萝卜也糠了啊。

突然一阵饥饿感袭来，洪强大口大口吃了起来。洪强中午只顾喝酒了，几乎没吃几口饭菜。

母亲又说：“你还别说，你爹吃萝卜吃得多年的哮喘还见轻了！”

洪强笑了，笑着打了个饱嗝儿，一股浓烈的萝卜气味蹿了上来。那气味，分明有一股子中药的味道。长寿菜——刘部长说得多好哇，可他却把那盆中药萝卜退掉了。

大年三十上午，洪强贴好了春联门画，母亲包好了水饺，却不见爹的影子。母亲在厨房里说："你爹在里间床上，怄气呢，翻了一夜的身，还不是纠结那修路的事。"

洪强恍然明白了，还没给爹一个答复，遂掏出手机，声音很高地给同学张茂仁打了过去。

一会儿，爹出来了，边弯腰束着腰带边走向厕所。母亲撇了一下嘴，小声对洪强说："你爹就是这样的人，不给个说法，九头牛都拉不过来的。别看你爹没学问，我感觉你爹身上，真有你学的东西。"

洪强点点头。

一晃，年味跑远了。坐在返京的高铁上，洪强满腹的萝卜味还在翻腾。

# 改　错

薄雾笼罩着村庄，细雨沐浴着房舍。湿漉漉的春风追身，助人前行。墙壁上的红色大字映入眼帘：真扶贫，扶真贫，扶贫路上不落下一人。我和鹏子撑着黑色雨伞，一前一后走在水泥道上，去范志学家落实房子渗漏的问题。

老范是我的帮扶户，个头儿低矮，很敏感的一个小老头。他老伴儿郝红艳，小他四岁，右耳有点儿聋，左腿膝盖患有滑膜炎，生活尚能自理。老范因个儿矮，晚婚。郝红艳嫁给老范前已有一个女儿，丈夫患病死后四年，经人撮合嫁给了老范。

老范住的是两间砖瓦房，紧邻村道和麦田，没有院墙，空气罕见地新鲜。

鹏子抬头查找房子渗漏的地方。

我说："看看你这房子下雨漏不漏。"

老范很敏感，埋怨道："又是死老婆子多嘴！"

我看到了雨水浸润后的斑斑痕迹，有洗脸盆大小。我说："天晴了就抓紧修缮吧。"

老范阻止说："一点儿渗漏，我自己来吧。"

看到方桌角上的扶贫台账，我顺手取来，打开翻看。

我突然发现了一个问题，鹏子竟把郝红艳的名字写错了，写成了"赤红艳"。我指着台账让鹏子看。

"名字不错的。"鹏子说。鹏子的表情好像是我看错了。鹏子大学刚毕业，我让他下乡锻炼，一边走访，一边整理台账。

"我可是第一次听说有姓'赤'的啊！"我不禁笑道。

鹏子递给我一张身份证，强调说："身份证是唯一的依据。"身份证上赫然写着"赤红艳"仨字。

这时，郝红艳进屋，手里还拿着围裙，看到我手里捏着身份证，忙说："我姓郝，非给我印成'赤'，我要找干部改，他不让。"郝红艳指着门旁的老范，一脸委屈地说："他还说吃就吃吧，改啥哩！没有吃的，咋能行?”

我望一眼矮小的老范，说：“那也不如改过来，顺心呀。”

“改呗，许领导!”郝红艳耳朵好使多了，不免有些激动，盯着我说，“俺娘家是郝庄，谁不知道俺姓郝，没想到给俺弄成了‘吃’。”

我点点头说：“给你改过来。”

郝红艳开心地笑了。看到她乐了，我猛然想起，有次我与她拉家常，曾问她：“回过娘家吗? 想闺女吗?”郝红艳两眼竟瞬间冒出了泪花。我感到她心里所有的苦辣酸甜，都在那浓浓的泪水里。

我和鹏子离开后，没想到老范把郝红艳好吵好骂了一顿。这是我俩再次来老范家时，郝红艳噙着泪水说的。那天刚好老范没在家，村里给他安排了公益性岗位，他打扫卫生去了。

郝红艳说：“老范吵我多嘴，不让说房子漏水。许领导，老范骂我‘是该死的人了，改啥姓!’让我气得心口窝直疼。”

听郝红艳诉着苦，她和老范共眠的老式木床却在我眼前晃悠起来。床上堆着被褥，还有他们的各色衣物。那里有她和矮个子老范共同的呼吸，还有一刻也不曾离开的温暖。在床上仿佛是一个人，离开床就是一个老头一个老伴儿了。这就是实实在在的生活吧！

“好了，别气了，人谁没个脾气？”我安慰说，“你的身份证给我，咱不‘吃’了，光兴‘好’，中不中？”

“中，中！”郝红艳激动得递身份证的手都是哆嗦的。

一旁的鹏子甜甜地笑了。

“老范这人肚囊子挺大的，一辈子就不好麻烦人。他除了个儿矮，好吵我，人是杠杠的。”郝红艳喘着气说，“老范好念叨一句话：有囊有气叫坟墓，又说又笑是活人。”

“打是亲，骂是爱。”我牵着郝红艳皮多肉少的手，说，“名字一改过来，老范就不敢再欺负你了。”

“对，名正言顺了，”鹏子助威道，“谅他也不敢了！”

郝红艳松开我的手，抖索着挪了一下右腿，探头朝屋前的村道望去。

我发现，郝红艳浑浊的眼里，起了一层雾水，亮了一丝星光。我仿佛听到郝红艳低吟：“俺家老范呢？”

突然，郝红艳转过身来，一下从我手中夺去身份证，捂在了胸前，望着我说：“许领导，俺不改了，我得听老范的！”

“啥？”鹏子黑亮的小眼睛瞪成了俩大鹅蛋。

麦田里的一股清风踅来，踅乱了郝红艳的一头华发。

只见郝红艳摇着头喃喃自语：“这个错不能改，要是改了呀，咋觉得跟少点儿啥似的！”

## 粗心记

在我们村里，评价一个人，好用“一辈子”这仨字。譬如说这个人一辈子好强、这个人一辈子小气、这个人一辈子窝囊……村里人的口气里，是从一个方面看透了这个人的定论。

村里人都说我娘是一辈子粗心。

我娘二十二岁那年冬天出嫁，结婚当天就落了个“粗”人。细心人发现我娘的一双大红袜子，一只竟是反穿着的！

我哥两岁那年，过春节，大年初一串门给我爷爷奶奶拜年的村里人，听到我哥吐字不清地说“冷、冷”，以为是感冒发烧，就去摸额头，又去摸小手，再去摸小脚丫。这一摸，把我娘的粗心摸了出来！原来我哥的一条腿，被我娘穿在了棉裤腿外的罩裤里！

村里人都笑话我娘粗心，可粗心的我娘却生了三个娃，都是带把儿的男娃！

一次，我娘说，生了我哥和我后，打心眼儿里就想要个闺女，连名字都想好了，叫麦花。

我问我娘，为啥叫麦花？

我娘说，有了麦花，白面馍就离嘴近了呀。

阴差阳错，添了个弟弟。

那时吃穿都发愁，我现在还记得，我们弟兄仨挎着书包一起上小学时，脖子都跟鹅脖子一样探着前行——脖子饿得又细又长！

我娘还是有不少长处的，譬如做鞋就没有能跟她比上的，好像别人吃力地刚做好一双，我娘三双就做好了。被比败的婶婶们自然不甘心，就拿着我娘做好的鞋翻来覆去地看，仿佛研究新发现的化石，终于瞅出了问题，我娘的手工毛糙，提高了速度！鞋底针脚明显稀疏，大田埂似的，简直是粗而糙！

也难怪，我娘上面有个大姐，也就是我大姨，平时家里做针线活儿轮不到她。东庄演电影，我娘第一个赶去看；西庄唱大戏，我娘第一个跑去听，所以针线活儿不好。

我娘的解释是，男孩子穿鞋狠，毁鞋快，不做快点，孩子就要赤脚上学啦！

生产队里割麦子，我娘挣的工分最高。有人说我娘是快工没好活儿，割过的麦茬儿太高，要扣除我娘的工分。生产队长看着我娘一头灰汗，也没再说别的。应该是善良的生产队长想到我娘还有三个男子汉要养活，才不忍心的吧。

我娘的粗枝大叶，也不止一次招惹了我爹的恼火。一天傍晚，我娘做饭，把大锅烧漏了，满院子呛人的焦煳气。我爹先闻到了，就朝厨房赶去，看见我娘手扶着风箱把，竟勾头睡着了，正欲大发雷霆，刚好我哥放学回来。跟我爹一样身高的我哥凛然地站在了我娘前面。我爹瞅一眼我哥，一点一点把举起的半截棍落了下来。

在县城读高二那一年，我回家过星期天，把餐票忘家里了。离家十多里路，就想先借同学的将就一周吧。不想，傍晚时分我娘却赶到了学校，把餐票送了过来。

我娘喘着气说，要不是你爹骂我，我也不来了。

爹骂你啥？我问。

我娘说他骂你像我，就会粗心！我对他说，骂孩子就是骂我，像我就像我，比像你强！一气就赶来了。

我接过餐票，眼一眨，泪水滴落在了皮筋束着的餐票上。

弟弟中考前得了鼻炎，光头疼。医生建议要除根就吃中药，我爹点了头。熬药就落在了我娘身上。熬好药，装暖瓶里，一次，娘把暖瓶没放稳当，砰的一声，暖瓶炸了，褐色的药水淌了一地，滋滋地冒热气。随即一阵有力的脚步声旋风一样刮来。我娘用手刮着地上的药水，一口一口送到嘴里。我娘边喝边反复说，瓶烂了，我儿病就好了，瓶烂了，我儿病就好了。我爹平生第一次张口结舌。

后来，我哥考上了师专，我和弟弟也不甘落后，先后考上了大学，很快都有了工作。

村里人说我娘是粗人有傻福。主动找我娘拉呱的人多了。有谁炖了小鸡也端我娘一碗。村里人说就应该学学我娘，啥事都不能较真儿。

我娘做饭最拿手的是摊煎饼。几个鸡蛋，一把葱花，一盆面糊。我们弟兄仨就是在这喷香喷香中不觉长大的。一天夜里，我爹说，吃够了我娘摊的煎饼。这话没说多久，就突发心梗离开了我们。

葬我爹那天，大姨来了。大姨久久握着我娘的手，好像四只手长在了一起，再也分不开了。

大姨说，没他爹了，你得多操心了，可不能再弄啥事都粗心了。大姨握着我娘的手，继续说，现在有了条件，孩子都大了，你可要注意营养，鸡蛋啦，牛羊肉啦，多吃一些。

大姨坐上三轮车，跟我娘挥手告别。

我娘望着三轮车扬起的风尘，对我说，你大姨可不是省油的灯，她六岁那年夏天，为了争夺半块西瓜吃，竟把你四姥爷的小妮子推进粪坑，险些淹死！就是你英姨。

英姨？在学校教书的英姨？

可不是！我娘点点头，她当时不到三岁吧。

哦！我张大了嘴巴，英姨还记得吗？

记不得了，我娘说，要是记得了，就不会跟你大姨好了。

这个事，我可是头一次听我娘说呀。我娘恁粗心个人，竟能守口如瓶，真是粗中有细呀！

这天，八十二岁的石磙爷腿脚不利落地挪着步子找我娘唠嗑，一进堂屋门口就指着我娘的黑色大褂子，笑说，你瞧瞧你这颗纽扣，咋钻进别的扣眼里了？难怪大褂前襟一高一低，看着别扭呢！

我娘笑着递去一支烟，就忙着去找打火机，等打火机从抽屉里找着，递给石磙大爷，她却坐了下来，把纽扣扣错眼的事抛到了九霄云外。

如果我娘真像村里人说的那样，是个粗心人，那我娘也真是“粗”了一辈子，因为眼前的我娘满嘴里仅剩下两颗黄牙，半个残牙……

我把这篇《粗心记》读给我娘听，没想到我娘听后说，你咋写的是我啊？说着就笑了，竟笑出了泪花。

## 我们不能抓贼

村民胡雷家招贼了，光天化日之下招的贼。

财物连心，儿女连心。胡雷的婆娘鼻涕一把泪一把地哭诉不止。她哭诉她一春天白干了，卖麦的钱全被偷走了。她哭得凌乱花白的头发都湿了。

村支书老胡心疼地说，嫂子，别哭了，喘口气，你看看我手里拿的是啥东西。

婆娘这才止了哭泣，拿婆娑泪眼望一眼老胡，又望一眼老胡手里的摄像头。

原来早被贼惦记上了啊！婆娘惊讶地说，我们的钱可不能白丢，你这当支书的得给俺撑腰呀！

这不才卸掉一个摄像头嘛。老胡说，村里十几个摄像头呢，我就不信他有能耐都拆卸完！老胡又问，你们报警没有？

你看这钱丢得多窝囊！胡雷像霜打的茄子，有气无力地说，贼跑了，报警有啥用哩？

那也得报警！老胡坚定地说。

这时，又来了七八个村邻。就有人打了报警电话。

婆娘咬着牙说，抓着了他俩，要活剥活剐！

你们消停消停，趁警察还没到，说说大白天的，你们俩又在家里，咋被偷的？老胡说着放下被贼事先卸下的摄像头，坐在了椅子上。

唉，胡雷还算冷静，叹一声，说，刚才来了两个男人，一个大胖子，穿红T恤衫；一个小个子，好像穿着花上衣。他们说是维修电路的。那个小个子说他渴极了，又有胃病，不能喝凉水。说着掏出来50块钱，让她去厨房烧水。大胖子没多说话，直往堂屋里走，到屋里掏出一把零票子放在饭桌上，瞅着我说，大爷，我今儿有个喜宴，随礼没有大票，拿这零钱不合适。他让我给他换整钱。我也没多想，就进里间柜子里拿出了两张大票子。现在想想他是试探我把钱放在了哪里。我接着他的一把零票子，一数，多了65块，就还给那大胖子。那大胖子摆摆手，说，大爷，今儿出门急慌忘了拿手套，麻烦您去村头超市买几双吧。我就推着三轮车出了门。出门不久，我感觉不对头，就赶紧返回来了。一进门，我看见大胖子从堂屋里间出来了。他一见我回来了，忙弯腰系鞋带。现在看那是装的。我忙去里间，发现柜子里卖麦子的两千多块钱，一分不剩了。忽然听到咚咚跑步的声音，心想坏了，我转身出来，院子里早没了大胖子和小个子的人影！我就大声喊抓贼，喊了几声就浑身发烧了一样没劲了。

村里也没有几个人了。一个人说，地里干活的干活，打工的打工去了。

你的水烧开没有？老胡问婆娘。

还没有呢。婆娘被人耍了，明显不好意思，就抬手去揉哭肿的眼睛。

好了，别伤心了。老胡说，一会儿警察来了，自有办法。

对，他们早晚会被抓住的。旁边的村民宽慰说。

胡雷叹息一声。婆娘也长出了一口气。

我看，胡雷哥你俩是不幸中的万幸。突然，村支书老胡郑重地说。

胡雷瞪大了眼睛。

我给你假设几种情形。老胡说，要是这俩年轻小伙子，一进门，拿刀逼你，会是啥结果？你俩老胳膊老腿的，没有招架之力，要是反抗，也会流血的，钱照样没了。

是啊。几个村民点点头。

嗯。婆娘也惊恐地点点头。

这第二种情形，老胡继续说，刚才胡雷哥说那个胖子弯腰系鞋带，假如胡雷哥发现钱被拿了，一下子抱着了那大胖子的腰，会是啥结果？一个上了年纪的人，对付一个膀大腰圆的年轻人，不是摔伤，就是骨折，撞着头部就更麻烦了。老胡说着还比画了一下。

唉，真不能玩命。一旁的村民叽叽喳喳地说，钱没了，还能再挣嘛。

胡雷点点头。

婆娘瞅胡雷一眼。婆娘看看老头子受伤没有。

再一种情形，假如你喊抓贼，贼被抓了。老胡说，贼进去了，几年时间贼还得出来不是，到那时贼能忘了在哪儿栽倒的？这不就留下了祸根？

胡雷望着村支书老胡。

婆娘望着村支书老胡。

一旁的村民也都望着村支书老胡。

老胡的嘴角有了白色的沫子。见多识广的白沫子随着老胡嘴角的翕动而渐渐增多。

谢谢胡支书！胡雷一下站起来，握住了老胡的手。

胡雷的表情仿佛丢失的钱财失而复得。

胡雷婆娘的脸上也冒出了一丝惊喜，忙不迭地说，老弟说得在理。又瞅着围观的村民说，咱支书说得多好呀！

这时，传来了刺耳的警笛声。

…………

当天半夜鸡叫时分，胡雷婆娘说起了呓语：抓贼，抓贼啊！

胡雷忙把婆娘摇晃醒，幽幽地说，贼肯定要抓，只是我们不能抓。老胡说的那几种情形，你忘了？

婆娘说，眼下是，我们的柜子里没有了麦钱呀！

警察不是说了吗，等抓了贼，退了赃，就给我们。

黑夜里婆娘瞪着眼，没再言语。

## 吃　请

这次吃请，不是外人，是吴小山的小舅子曹军，他接二连三的电话，让吴小山不忍心再推辞。让吴小山不忍心推辞的还有个原因，那就是曹军现在住的地方，是吴小山原来的房子。他设家宴，吴小山突然有了回先前住过的地方看看的兴趣，就点头同意了。

吴小山挂了电话，对曹军的姐姐说："哎，不知他哪根神经发热了，非得请吃。"语气里满是狐疑和不屑。

"一个大科长，吃哪个不是吃?"媳妇不无揶揄地说。当姐姐的自然清楚丈夫吴小山对自己的弟弟不大感冒，或者说不是一个类型的人，一个是大学毕业的国家干部，一个是小学没读完的社会青年，再怎么也不好融合。小舅子媳妇吧，是个酒店的服务员，文化水平俩人加起来不比一个高中生。

正是初夏天气，不热不冷，让人心里舒坦。傍晚街道上的行人一律匆匆忙忙，难得有吴小山夫妻二人去吃请这样的悠闲心情。他们进了一家水果店，选了些时令水果，就朝南京路上曹军的家走去，那是他们再熟悉不过的地方。

吴小山原来住的这个房子是两室一厅，后来装修了现在住的新房后，这个小房子就处理给曹军了。说是处理，简直就是给了曹军，他先给了几万，后来像发晕一样想起来就给一点，也弄不清给了几次给了多少钱了。吴小山有时发牢骚，说曹军一心一意盯着买这个小房子，就是想投他姐夫的机取他姐姐的巧省几个钱。

其实吴小山离开这个小房子，心里还是很不舍的，因为住这个房子他仕途顺啊，提拔了科级，任了正职；孩子也顺啊，成绩好，考取了心仪的大学。人活着还有比顺更舒服的吗？

当姐姐的也弄不明白，弟弟最近又置办了一套大点的房子，可他们该吃吃，该喝喝，并没有搬家的迹象。

来到熟悉的住处，吴小山愣了一下，防盗门还是那个暗红色，斑斑驳驳的，也没重新刷漆。

推开曹军的家门，一股菜香扑鼻而来。小舅子媳妇正在厨房忙活。

吴小山媳妇走进厨房，不禁“啊”了一声，喊道：“整恁些菜，还有其他客人吗？”边说边走出了逼仄的厨房，“哎，曹军呢？”

“没有其他客人，就俺哥你俩。”小舅子媳妇在厨房里大声说，“曹军去买孜然去了，一早赶集忘买了。”

吴小山媳妇发现房间里的门和墙壁还都是原来的颜色，只是吴小山的书房被娘家侄子当卧室了。书房里还是吴小山从单位带回来的那两张条形会议桌，桌子上堆着小山一样的课本练习册。

吴小山坐在沙发里琢磨，像小舅子媳妇这样的人，没有学问说话的声音为啥那么高亢，而且还是一个调子，都是“狠四声”。

厨房里又传来小舅子媳妇的“狠四声”：“哈哈，今天的菜是‘海陆空’，有孜然鸽子，有煎金蝉，有清蒸鲈鱼，还有农家柴鸡，大块牛肉……”

“真不愧是酒店服务员!”吴小山媳妇不禁笑道。

这时曹军回来了,手里拿着一把蒜黄和一小包东西,喊了一声哥,又喊了一声姐。

“恁麻烦干啥哩?”吴小山终于说话了。

“招待姐姐、姐夫的,”曹军嬉笑道,“简单了你们不腌臜我吗?”

于是,就上菜,满满一桌菜,几乎摞了起来。

于是,就喝酒,满满一大茶杯。曹军说:“好久没跟俺哥喝酒了。”说着就先干了,一仰脖,好像倒进了老鼠窟窿里。

吴小山却说:“我干不了,干不了。”

当姐姐的心疼弟弟,就说:“别喝恁猛,多吃菜,你看这一大桌子菜不吃多浪费!”说着用大腿碰了曹军一下,提醒他有事现在赶紧说。

曹军自己又倒了一杯酒,并不急着喝,却盯着杯里的酒说:“这酒是内部招待酒,一个大老板给的,单给我哥留着呢。”

“几天不见,水平见长了啊。”吴小山不动声色地啃着小乳鸽,满嘴香喷喷的。

“哥哥笑话我不是?”曹军一杯酒下肚，声腔高了，说，“我只是眼馋科长，不动一刀一枪，就有好吃好喝的。”

“那都是咱哥自己奋斗的。”小舅子媳妇瞅一眼曹军，说，“你呢，账也算不清，预算也不会做，就知道傻喝，一喝都多!”

“嘿嘿，你的学问比我高了还是咋的?”曹军说话的舌头明显有些硬了，“我这不天天催着曹帅向他姑父学习……学习的嘛，还特意让儿子住……住他姑父以前的书房里。”

“舌头不打弯了，快别喝了。”当姐姐的就去夺酒瓶。

曹军左手忙把酒瓶高高举起，右手举杯给吴小山碰去，又一个仰脖，又一声咕咚。

曹军酒下肚后，抹抹嘴，摇晃着站了起来，向卧室走去。都以为他喝多了去休息，谁知很快拿着个黑皮包晃着出来了，拉开拉链，拿出几沓钱，递给姐姐，说：“这是欠的房钱。”

“不早还完了吗?”吴小山媳妇说，“你喝迷了还是咋的!”

“这是……利息、利息。”曹军话没说完，身子斜靠在了沙发上。

“酒，在瓶里，是酒，”吴小山仿佛自言自语，“出了瓶，就是魔鬼啊。”

简单吃了饭，吴小山媳妇让吴小山先回去，自己再停留会儿，她心里琢磨弟弟到底有啥事相求呢？

天快黑了，吴小山媳妇才赶回家。一进大门，她边换拖鞋边叹道：“唉！没学问真可怕！”

“要有学问，还能两杯酒喝倒吗？”吴小山说。

“多简单的一件事，”吴小山媳妇说，好像很气愤，又好像是恨铁不成钢，“他们今儿请吃，主要是感谢你，说你的书房有磁场，让他儿子的学习上去了。再就是想请你帮曹帅好好填报一下志愿，曹帅不是今年高考嘛。”

“呵呵，曹军这顿饭不会让我们白吃的。”吴小山突然笑道，“我感到曹军好像觉醒了。”

“觉醒啥？”

“还用我说吗？”吴小山胸有成竹地说，“人这东西最莫名其妙了，越是没有的，越想得到。”

# 送你一束玉米花

玉米花儿纷纷扬扬绽开的时候，正是村小学秋季开学的日子。

给学生发放完新课本，曹浩一头钻进了校园旁边的玉米地。玉米花散落了一头一身的清香。

随着玉米叶子一阵阵呼啦呼啦的响声，周小娟站在了曹浩跟前。星星点点的玉米花兴奋地在周小娟的红裙子上跳跃。

整行整排的玉米棵郁郁葱葱，明亮的阳光下叶绿花黄，蜂飞蝶舞。一团一团茸须羞涩地缠在玉米穗头上。

曹浩盯着眼前鲜活的一团玉米须，下意识地抚摸了一下，又抚摸了一下，对周小娟说，这多像二叔的大胡子。

你那个终身未娶的二叔吗？周小娟忽闪着大眼

睛问。

这片地就是二叔的，曹浩点点头说，只是他年岁大了，腿又跛，不再种地了。

二叔牵挂他的田地，时常到地头溜达。曹浩又说。

突然，周小娟指着同根生长的两棵玉米，惊喜地说，你看它俩相偎相依，须臾不离，多幸福哦！

这两棵玉米不就是我们俩吗？曹浩激动地说，顺手抱住了周小娟。

周小娟头伏在曹浩肩膀上，突然笑了，笑得浑身颤抖，好像止不住了。

周小娟边笑边说，没想到我们在二叔的玉米地里风花雪月！

我觉得怪有意思的。曹浩不由得也笑了，说，二叔的玉米地，相信我们一辈子都不会忘记的。

就是，真比湖边公园洋气多啦！周小娟说，境由心造，关键在心情。

曹浩轻轻亲了一下周小娟的额头。

周小娟闭着眼，好像听到了玉米花开放的声音。

你刚才说啥？周小娟突然睁开眼睛，问道。周小娟不无担忧地说，别让二叔发现了我们呀！

只要我们不乱讲话，二叔就发现不了我们。曹浩抿嘴一笑。茫茫绿海里，曹浩倒有了一丝安全感。

这时，传来了悠扬的下课铃声。

我还有一节课。周小娟说。

曹浩遂拉着周小娟的手，与周小娟一前一后猫腰溜出了玉米地。

就是这片玉米地，让周小娟知道了曹浩的二叔给生产队犁地，骡马受惊，伤了一条腿，因家穷腿跛，一辈子没能娶上媳妇。周小娟还知道了二叔因打光棍所受的委屈，村里人都戒备着他，唯恐他做出伤天害理的事，没人敢单独让二叔进他们的家门。

在玉米地的阴凉里，躺在曹浩怀里的周小娟，听到了一个匪夷所思的故事。前庄有个妇女被杀害，公安没破案前，竟怀疑二叔，说是二叔夜里越墙想好事，奸杀了那妇女。后来案破，还了二叔一个清白。原来是那妇女的亲家因孩子离婚财产分配闹事，她才惹来杀身之祸的。

好人就是好人！周小娟说。

曹浩点点头，说，二叔是过得硬的，可就是没人记着二叔犁地弄跛腿的事。

你不是记着的吗？周小娟说，你给二叔买的烧鸡，他一口气还能吃一半的嘛！

就你调皮！说着曹浩站起来，掐了枝玉米花，递给周小娟。

周小娟望一眼枯萎的玉米花，说，玉米花快败了。

玉米花败了，才好收获呀。曹浩说。

嗯，好收获。周小娟脸色绯红地说，我们也该有收获了。

曹浩和周小娟再一次出现在玉米地，是带着一领蒲席来的。阳光下蒲席四周的玉米花充满了浓浓的诗意。曹浩仰面躺在蒲席上，胸口上也放着一朵玉米花。曹浩清晰地听到了周小娟咚咚的心跳。同时曹浩感到被一旁的玉米地里轰隆隆机器收割玉米的聒噪覆盖了。

不久，曹浩蒙眬中看到二叔跛着一条腿向玉米地狂奔而来，打着手势，大声喊叫着，好像追赶一群野猪，又好像去救一场大火……

等周小娟和曹浩醒来时，周围站满了人。曹浩认识那些人，都是村里的人。村里的人不时指着他们身下的蒲席嘀嘀咕咕发出笑声。蒲席旁倒了一片玉米棵。更要命的是周小娟的粉红色胸罩还挂在玉米秸上。周小娟和曹浩还吃惊地发现一台灰不溜秋的大型收割机巍然屹立在他们身后。

还不赶紧起来，你看这事弄得！这时有人对曹浩说，语气里满是急躁和不安。

曹浩一下子醒过神来。曹浩真切地看到，收割机的大嘴里还吃着没来得及吐掉的玉米秸，浑身还冒着土气和青烟。收割机的大嘴下，凌乱的玉米秸上，有刺目的殷红的鲜血。

是你二叔救了你们！终于有人压抑不住地说，年轻人也太疯狂了吧！

唉，他二叔真不像乱说的那样！有人喟叹道，要不然……这俩孩子就……

曹浩发现二叔蜷缩在机器旁的玉米秸上，还在阵阵呻吟着。

二叔！曹浩双腿一软，匍匐着向躺着的二叔爬去……

白色的病房里，一个男人身上更白。护士扎上针，不由得望一眼床头上的一束花。那分明是一束普通的玉米花。护士很稀奇，因为护士从来没有见过给病号送玉米花的。

## 我们家的冠军

五一节还没到，爸爸就在全县职工运动会上拿了个冠军。当然是中年组的冠军，乒乓球第一名。这次奖了张球台。球台拉到我家院子里，平展展铺开，蔚蓝色的台面，海水一样平静，爸爸兴奋得拎起球拍，在新球台上夸张地发了一个球。那只同样兴奋的银球，滚落在了从东屋厨房走出来的妈妈脚下。妈妈哎哟一声，险些踩住，忙弯腰去捡，谁知那银球却顽皮地奔向了另一边。原来爸爸发出的是个侧旋球，眼看着到手的小球画着弧飞离了妈妈的手心。妈妈扑了个空，不由得甩了甩手，瞅了爸爸一眼。妈妈怕爸爸笑话她连个小球也逮不住，就随口说，咋比老鼠还溜呢。爸爸右手旋转着球拍，笑说，要是波儿，或者楠楠在家，一伸手就会抓住那球的。爸爸意思是妈妈的眼花了。爸爸说的楠楠是我姐姐，她正在上海搞营销。波儿，就是我了，正读研呢。爸爸此时提到我俩，也是心里想念孩子了。小时候天天在一起，长大了却一年难得见几面，儿女都像出笼的鸟儿一样越飞越远。爸爸得了奖，肯定也想在我们面前炫耀一下。

球台摆在院子里，不想现实问题来了，一是没人跟爸爸打球，爸爸只能练练发球，发出的球散落在院子里的角角落落，爸爸还要自己捡球。有时妈妈也帮着捡，捡不几次，妈妈就喊腰疼。二是球台裸露在院子里，风吹日晒，还要防止雨淋，爸爸定制了一块塑料布，盖上，拿下，反复折腾，不免厌烦。把球案收起来吧，又没宽敞的房间可放，立在院墙根旁，碍眼碍手脚。爸爸不由得望案兴叹。

爸爸在读师专时喜爱上了乒乓球，在乡下教书没忘打乒乓球，进城工作一有空就找球友。一晃爸爸退了下来，还是好打乒乓球。爸爸获了大大小小不少奖，奖个球拍了，奖个烧水壶了，有时还奖太空被。我记得奖的热水壶最多，我们邻居使的热水壶，也有爸爸送他们的。乒乓球打得爸爸精神抖擞，身材苗条，一看就是个过期的运动员。妈妈呢，也支持爸爸打球，妈妈说总比打麻将强吧，这是一个好爱好，也锻炼了身子骨。

突然的一天，爸爸决定教妈妈打球了。妈妈打球入门后，爸爸自豪地说，他是永远的冠军，妈妈是永远的亚军。我不可否认，这是不争的事实。有一次跟爸爸在湖边散步，我曾问爸爸为啥教妈妈打球，是让妈妈当陪练吗？爸爸望着碧波荡漾的湖水，久久没有回答。几缕垂柳摇曳着扑面而来，我忙伸手劈开。这时爸爸说，你黄叔叔经常在这个湖里游泳，他媳妇查出了癌细胞，你黄叔叔哭着给我说，光顾自己锻炼了，咋忘了媳妇了？爸爸一脸复杂的表情，说，咱这个家，你妈是功臣。沉吟一会儿，爸爸又说，在家里，你妈是冠军。

妈妈跟爸爸认识时，爸爸还是个民办教师。妈妈务农，拥有几亩田地，就是这几亩田地给我们不竭地提供着粮面。直到现在，妈妈还有半亩地，种麦种玉米。妈妈曾说，她不能没有地，没了地心里恐慌。妈妈对土地的感情，都体现在了她的手擀面上。爸爸的同学同事，都喜欢到我家里吃妈妈的手擀面，筋道的面片，飘着葱花香。我的一个刘叔叔夸赞手擀面的同时，还赞不绝口地夸赞妈妈，说妈妈才是“本科毕业”呢，一肚子的大学生。刘叔叔是说妈妈生的孩子都考上了大学，妈妈的水平是不显山不露水的。那次刘叔叔夸赞妈妈，我才知道妈妈的“一肚子”里还有个大姐姐，她一出生妈妈就抱给了我大姑。那时候农村思想还封建，第一个小孩都争着要男娃。后来，我这个姐姐考取了师范，她的学费都是爸妈拿的。爸妈心里过意不去，平日里没少倾斜她。现在挑明了，有了来往。大姐读书明理，也理解了爸妈。我和楠楠姐吃妈妈的手擀面最多，妈妈滋润了我们。

后来，爸爸考取了师专，转了正。在读师专时，爸爸有了他的第二个孩子，也就是我楠楠姐。爸爸在外上学，妈妈一人在家做农活，照顾孩子，生活很清苦。爸爸毕业后，留在了乡里教书，后来县高中从下面选拔老师，爸爸有了机会。可机会刚来临，又被别人开后门夺走了。我听妈妈讲爸爸失去了一次机会，都气哭了。爸爸的课教得很有名气，写作也有水平，在省日报副刊发过文章。县委宣传部遴选通信员，这次爸爸被选上了。接到录取通知时，爸爸高兴得一气吃了三大碗手擀面。爸爸当了通信员，后又当了办公室主任，到宣传部副部长退了下来。我们一家人都为爸爸自豪。

爸爸为了鼓励妈妈好好打球，特地给妈妈买了身运动服。妈妈穿上一看，跟爸爸的一模一样，原来是夫妻装。妈妈高兴极了，挥球拍的手臂特别有劲。为纠正妈妈的不规范动作，爸爸就让妈妈看监控回放。妈妈看到自己别扭的动作，哭笑不得，闹着说不打了、不打了，丢死人啦！爸爸就鼓励说，我看你比那球馆里的小孩进步还快哩。就又耐心地递球，教妈妈向下引拍，收小臂挥拍。听着啪啪脆响的球声，妈妈又乐了。爸爸有时不无遗憾地说，跟妈妈打球，水平只会下降。可看到妈妈精神好了，劲头大了，爸爸又说，有得有失，还是值得的。爸爸抬臂挥拍，把一个高球潇洒地扣死，喘口气，瞅着妈妈笑说，服气了吧，我就是冠军！

趁国庆节放假，我回到了熟悉的县城。一进院门，我看到乒乓球案子上晒着金黄的玉米。待走近了细看，长长短短的玉米棒排列的竟是几个歪歪扭扭的大字，在阳光下仿佛发着光泽。我不禁念出了声：我们运动，我们快乐！

## 我们那时候

接到儿子万军让进城看电影的电话，万大娘乐了。

万大娘挂了电话，心里直嘀咕，这电视天天看，咋还看电影呢?

万大娘随口问万大伯："你去不去? 一会儿万军回来接的。"

万大伯摇摇头，说："电视还没看够吗?"

"儿子说啥巨、巨幕……"万大娘说，"反正跟我们那时候跑着看电影不一样啦。"

"儿子刚买的新车，你也不坐坐舒服舒服?"万大娘喜滋滋地说。

"啥新车我也不稀罕，坐不好还会晕车的。"万大伯说，"还不如我的架子车坐着敞亮舒服哩。"

随着一声鸣笛，一辆黑色轿车停在了家门口。

“你爹不去看电影。他就知道一天到晚跟他那辆破架子车在一起。”万大娘瞅着明晃晃的小车说，“这车得多少钱啊？”

“十几万，分期付款。”万军说。

儿子在城里混得不错。万大娘满意地点点头。

“好了，拉着你娘去吧，我看家。”万大伯说，“我享受不了，看时间长了光头疼。”

万大娘猫腰钻进车里，儿子忙落下车窗玻璃。万大娘兴奋地隔窗给万大伯打手势。

万大伯笑道：“去吧，老婆子，别洋气了！”

“娘，我们要看的是个打仗的电影，《建国大业》。”儿子说。

儿子知道万大娘喜欢看电影，尤其喜欢看打仗的电影。电视上只要播放战争题材的电视剧，万大伯就别想换台了。

“那好，那好。”万大娘很满意。万大娘一满意，那话题就截不住了，简直就是滔滔不绝了。万大娘说：“我们那时候，就是我还没嫁过来的时候，我就满村跑着看电影了，只要听说放打仗的片子，十里八里的，也不在乎。你姥姥庄的都知道我是个疯妮子。”

“能看出来，您最好看战争的片子了。”万军笑着说，“跟您性格有关。”

“一次，我跟俺村的穗子，俺俩年纪一般大。”万大娘继续说，“听说十里多地远的聂庄演电影，我俩就拿着馍，喝口凉水，骑着一辆破车子赶去了。我们没敢吃夜饭，怕电影开始了。那次放的电影是，打仗打得士兵都快渴死了的那个啥？”

“《上甘岭》吧，抗美援朝题材的。”万军说。

“对，《上甘岭》，可感人了。”万大娘笑说，“那次看电影，呵呵，现在想起来还好笑呢。好笑啥哩？好笑的是电影看完了，在回来的路上，出岔了。路上零零星星的也没几个人，天上有星星，没月亮，黑灯瞎火，小路两边的玉米呼啦呼啦响得瘆人。”

“出啥差错了？”万军问道。

“自行车的大梁断了！”

“那咋办啊？”

“你听我说啊。”万大娘说，“我和穗子，一人扛一个车圈，走走停停，弄得满头大汗的。实在扛不动了，就推着走，跟推铁圈一样。哈哈，笑死我啦……”

万军也不由得笑了。母亲是个乐天派，母亲“那时候”的生活真有意思。

万军牵着万大娘的手缓缓走进了电影院。一个售票美女瞅着万大娘，压低声说：“这么大年龄的老婆婆看电影，真稀罕。”另一个售票美女瞅着万军说：“是人家儿子孝顺，给老人补精神食粮呢。”

电影结束了，万军问：“娘，好吧？”

“好，就是好！比我那时候跑着看电影强多了。”万大娘唏嘘着说，“我就是感到厅里有点闷，没有村头看电影敞亮。”

“那是露天电影，没这效果好。”万军解释说，“这是巨幕电影，环绕立体声。”

万大娘点点头。

“回家您得好好给俺爹说说，”万军说，“也让俺爹体验体验。”

万大娘坐进车里，说：“让你爹体验？他除了会睡觉，没有别的！”

“咋回事，娘？”万军边开车，边问道。

“你爹寸步不离他那破架子车，你不知道咋回事吧？”万大娘说，“那辆架子车，就是我们婚姻的见证呢。”万大娘恍若回到了从前，兴奋地说，她有一次看电影，站在外圈，个子矮看不到银幕，刚好有一辆架子车在旁边，她就抬腿站在了车帮上。站在车帮上的还有一个老婆婆，车身有点晃动，她的脚一下落到车里面，踩着了一个人的腿，原来车里面被窝里还有个人睡觉呢。这个人就是万军他爹，他爹拉着他奶奶看电影哩。

“那后来呢？”万军刨根究底地问。

“呵呵，你爹被我踩了腿，咋呼开了。你奶奶借着电影光，瞅瞅我，说，哦，这不是前庄的英华姑娘吗？说着就拉我站车帮上。你爹愣了，也不再说话。后来你奶奶就托了媒人。我看你爹能拉着你奶奶看电影，说明这人孝顺。”

“你就同意了这门亲事，是吧？”万军笑说。

“我嫁过来后，你爹就拉着你奶奶和我去看电影。”万大娘说，“你爹呢可好，那边放电影，这边他倒在车里呼呼睡觉。”

“没想到是俺爹的架子车，把你拉回了家。”万军兴奋地按响了车喇叭，“你们那时候，也够浪漫的！”

车到家门口，万军看到父亲拉着架子车从田里回来。万军发现，架子车把父亲的脊背拉成了一张弓。

万军扶着万大娘下了车。

万大伯把架子车停放到黑色小车后面，一屁股坐在了车把上。万大娘趋步坐在了另一个车把上。

万军猛然发现眼前这一幕很有生活情调，就打开手机，拍了起来。

有崭新的小轿车，有父亲拉了一辈子的破架子车。两辆车摆在一起，对比鲜明，颇有时代意义。母亲和父亲说着话。母亲夸的肯定是巨幕电影如何如何好。

## 母亲的麻将和孙子媳妇

母亲六十六岁生日那天，我从城里赶回乡下送给她一副麻将牌。我知道这比给她老人家做个五彩缤纷的大蛋糕还要强百倍。同时我把儿子小时候用的一条小红毛毯拿了回来，当麻将牌的桌布。印象中这条小红毛毯还是母亲一手买的。母亲时常念叨孙子，可孙子在学校里。学校好像离母亲十万八千里。孙子的学习是万万不能耽误的，也耽误不起，你说是不？

这是一副自动麻将机上的麻将牌，朋友送我的，很遗憾我不喜欢打麻将，但我想起了乡下的母亲，她那副又小又模糊不清的麻将牌早该换新的了。就像预料中的那样，她喜欢得就剩下激动了，望着天蓝色的横七竖八的一堆牌，反反复复掂量，仿佛真真切切闻到了麻将牌幽香的味道。望着，又随手捡了一张牌，翻转着，赞叹说这牌颜色顺眼，个大清晰，免得看错牌了。更令她喜不自禁的是，她一不小心把一张牌搁反了，那张牌竟哧溜一下滑了下来，再放上去，还是不由自主地往下滑。她好奇地说这牌恐怕有神吧。

母亲的天真率性逗笑了我。

我说这牌是有磁性的，只有都朝一面才能放安稳。说着就演示了一下。母亲点点头，又试了几次心里好像才踏实。

我之所以支持母亲打麻将，母亲最明白，她跟她的牌友说，儿子是孝子，怕她一个人在家落寞。

其实，母亲也是在父亲心肌梗死后才学会打麻将的。她的牌友都笑话她牌也看不住，自摸了还能打出去，还闹过几次诈和哩。

母亲把先前那副发黄的麻将牌送给了刘唐大爷。

我娘常说刘唐大爷规矩，输了不急不孬，很顾场面；不像白林爷，七十岁的人了，一输就红脸找碴儿；也不像扎根叔，拿着退休工资，抠抠搜搜，输了也搅局，好端端的牌场不到吃饭时就不欢而散了。

我直笑母亲，说你们能输赢哪儿去呢，五毛钱的嘴，一上午能输十块钱不？

每次回到村里，母亲都给我讲她打麻将的趣事。其实听了她的絮絮叨叨，我心里才少有地踏实。一个妹妹打工远嫁湖北后，一两年也不回来一趟，在妹妹身上，母亲压根儿找不到闺女是小棉袄的感觉。

一次母亲说，你刘唐大爷不跟你白林爷打牌了，都怨你白林爷从打过的牌里大摇大摆地拣牌。

我问道，咋个大摇大摆啊？

他看着我们，伸手从打过的牌里面挑了一张。母亲恨恨地说，他这人！

他还蛮有理。我娘气不顺，接着说，他说他一上午没开一和，就不能拣一张牌呀？你刘唐大爷气得站起来走了。

我扑哧笑响了。

一次母亲告诉我，扎根叔手臭没开几和，他埋怨小毛毯腥臭。你刘唐大爷趴到小毛毯上仔细闻闻，说没有啥尿臊味呀，你这是手不露怨袄袖！连看牌的几个人都笑起来。母亲说，闻着小毛毯的味道，我感觉怪舒服的，这一舒服，打牌很少输。

我不由得呵呵笑了起来。

后来，我娘打麻将的趣事多了，其实都是星星点点没多大意义的牌事，我也就记不住了。可前不久母亲说的一个牌事，我琢磨一下，感到不大对劲儿，我发现母亲有了变化。母亲说，她不想跟他们打牌了。我问咋回事。她说，他们光挤对她。我问咋挤对的。她说她只要一报牌有嘴了，他们就都推她自己。我笑了，说，谁也不想当炮手。我发现母亲的心眼小了，担心她是不是身体哪儿出了问题。

趁周末回家，我发现母亲一个人在家里，没有开牌局，以前的热热闹闹也不复存在。那副小红毛毯包裹着麻将牌孤独地躺在一个角落里。我好像嗅到了儿子一阵阵的童尿味儿。

原先打个牌，光站着看牌的就有四五个人。母亲似乎很伤感地说，可眼下连打牌的手也凑不够了。

您的老牌友呢？我不由得问道。我知道跟母亲这般年纪的村里人本来就少，打牌的就更少了。

就听母亲幽幽地说，你白林爷吐血住院了。

好久又说，你刘唐大爷也卧床不起了。

母亲的表情木然。我突然发现她的面部又多了几块蝴蝶状的黑斑。我忙安慰道，他俩年岁大了，都大您好几岁的。说着我才发现她手里握着两张麻将牌，略一翻动，两张牌相撞就发出铁一般的声音。

我又发现母亲的冰箱指示灯没亮。我想埋怨她又怕费电，可张了张嘴没说出话来。看来母亲停了打麻将牌就活着没劲儿了。

母亲说，最近老睡不着，老是梦见你姥姥的那三间草屋。

姥姥已过世多年。我说，失眠多梦，这正常。我回头买一个药枕试试吧？

我娘没言声。

我站起来，把我娘的糖尿病药放进一个纸盒里，把心脏病药放进一个精致的茶叶盒里，把高血压药放进茶几抽屉里。花花绿绿的药盒，致使她已经几次喝错药了。

突然，母亲自言自语地说，这些药我都不想喝了。

您还有完没有？我压抑着吼了一声，您不是口口声声说好好活着，还要见您孙子娶个漂亮媳妇的吗？

母亲手里的那两张麻将牌响了一声，一会儿又响了一声。

哦，孙子快娶媳妇了。我娘仿佛笑着说，肯定是个洋气的俏媳妇。

儿子在北京，忙乎着考研考博，好像没精力顾及谈对象。孙子媳妇倒成了母亲最后的生存加油站。我忙说，今年过年，您孙子就会领回来个女朋友的。

搁他这年龄，在咱家恐怕都是俩仨孩子的爹了。母亲说。

好了，不说这了，我心疼地说，跟我进城吧。

不去。好久我娘又说，家里习惯了，还能打打麻将。

我嘴唇动了一下，没有发出任何声音。

不久，我给母亲找了个专业保姆。这保姆人俊又勤快，母亲逢人就说，赶明儿我也让孙子找个这样的媳妇……

这天，孙子媳妇站在了母亲跟前。这一刻，我分明感到母亲似乎等待了漫长的几个世纪。青春靓丽的孙子媳妇，在乡下母亲的老屋里很是扎眼。

奶奶，儿子喊道，奶奶。

奶奶，孙子媳妇跟着喊道，奶奶。

母亲微笑着。母亲一动不动地微笑着。

母亲近距离地俯视着她的洋气的孙子媳妇。

母亲躲在黑色的镜框里。

突然，孙子媳妇吃惊地发现镜框前摆放着两张有些褪色的麻将牌，不禁问道：爸，奶奶还会打麻将吗?

## 粮本，粮本

母亲没料到眼前这台 14 英寸的黑白电视给她带来了一个很坏的消息。我看到母亲愣怔了一下，很快又触电般地从藤椅里弹起，啪地拧了一下开关，电视就瞎了眼没了声息。

电视报道说，从 3 月份起国家实行粮食开放政策，取消粮食定量供应。

母亲坐下，又站起，从里间衣柜里翻出我的粮本，红灿灿的粮本。

我猜想母亲当时是晕了，是全国一片大好的经济形势撞晕了母亲。

妻子忙扶住母亲，说，娘，去年冬天就有传闻说要取消“红面本”的，现在粮食丰收，也无所谓了。

母亲手里的粮本足有一千斤的重量，因为那上面有我和妻子两年多的粮油供应没购买呢。

存着吧，留个纪念。我说，也是咱家历史的光荣见证物。

母亲还是不能接受，眼角不时有清泪流出，喃喃自责道，真没有眼光，白白浪费了恁多粮面。

这个红粮本在村里给母亲带来过荣耀，是一种“身份”的象征；带来过自豪，只需花市场一半的价钱就能购买到粮油；带来过安逸，到月底粮油就如数打到了本本上。

那连涛的也作废了？母亲突然问道。

连涛是我同村同学，我俩一块考上的师范学校。只是他现在和他媳妇在城里工作，没再教书。不像我，一棵树上吊住，还在三尺讲台上。

那是肯定的，都作废了。我接话道，除非他不是中国人了。

母亲皱一下眉头，望望妻子，又望望我，好久才说，那连涛借咱的粮面也没有了？

都过去几年了，算了吧。妻子说，要还也早该还了。

母亲说的是连涛借我家的粮本买了两次粮面的事

情，一次是50斤，一次是100斤。连涛弟兄姊妹多，当时生活窘迫些。

连涛来借粮本，都是您点的头。我笑说，咋啦，后悔了？

咱娘心软，肯定会借给连涛的。妻子说，其他人来借，娘也会借的。

当时连涛来借粮本，我没想到。母亲说，连涛是个聪明人，我看只有他能想出这个实惠的点子。你俩是同学，我能咋说？

呵呵，好事做过了，就别再说其他的了。妻子说，说透了反而不好了。

唉，连涛咋是个这样的人？母亲愤懑地说，要知道他要赖不还，肯定不会借他了。

母亲有些气愤，有些急躁。粮本作废使她失去了耐心和希望。母亲弄不懂善良咋也会受欺负。

其实，母亲早就预感到连涛不会还那150斤粮面了。那天连涛转行进城工作，携家带口的，见了我递一支烟，没提粮面的事。他媳妇俊梅见了我妻子，只是打个招呼，就拜拜了。连涛明知母亲在家里，却不进我家大门。你说连涛该不该进去给母亲招呼一声，连涛做得有些过分了吧？他唯恐母亲问他借粮本一事。我当时心里也很复杂，有嫉妒他的念头，也有埋怨他的意思。

母亲知道连涛进城工作没给她招呼一声，当时就骂了一句，还不如条狗呢，狗吃了东西还会摇摇尾巴哩！

要是混大发了才牛皮哄哄呢。妻子撇撇嘴说。

还别说，连涛有头脑有点子，很快混了个副科，又提了个副局长。副局长自然就忙乎了，回老家的次数一天比一天少，我几乎半年没见过他的踪影。

后来，母亲竟骂他忘恩负义。

我嗔怪母亲，不就是那150斤粮面嘛，您言重了吧？

小处才能看出一个人的品质。妻子不满地说。妻子心里嫉恨俊梅，是俊梅的姑父给连涛转的行，让他进了县委大院。

我家老二混得也不差呀。母亲说，都副校长了，书教得也好，好多人眼红呢。

母亲这话是说给妻子听的。母亲唯恐妻子小瞧了我。两个女人的心思有时是不投的。

粮本作废的那天夜里，妻子在床上低声说，咱娘又把那粮本放衣柜里了，边放边嘟囔，真霉气，死他个龟孙！肯定又是诅咒连涛的。

唉，恐怕是对粮本作废了气不顺。我叹一声，母亲就这脾性，一会儿好得能把身上的肉割给你吃，一会儿气起来能骂你八辈祖宗。

于是我嘱咐道，今后别再提粮本和连涛了，以免惹母亲生气。

我才不去惹她这个老婆子呢！妻子嘀咕了一句。

暑假后开学，我被任命为校长。中午放学后，我忙屁颠屁颠地往家赶。父亲去世得早，母亲操持一家是功臣，这喜讯得最先告诉母亲，慰藉母亲。一进门，却发现俊梅在堂屋里坐着。我左顾右盼没看到连涛。

俊梅慌忙站了起来。

连涛呢？我不由得问道。

俊梅没回答我，却低头嘤嘤哭了起来。

原来连涛因酒驾进拘留所了。

俊梅是来借钱的。俊梅说得拿一笔钱去活动，否则连涛的工作啥都没有了。说着又嘤嘤哭了起来。

妻子在一旁无语了，出这样的事情，埋怨是不顶事的。

我看看母亲，母亲眼睛红红的。母亲抬头望望我，果断地说，手里还有多少，赶紧凑好，让俊梅带走。母亲说着擦擦要掉下的眼泪。

俊梅走后，妻子望望我，又看母亲一眼，转身进了西屋。

这时母亲说，一看到俊梅进家门了，我以为是来还粮面呢。谁知道是连涛出事了，自作自受。俊梅求到咱家门上，我不能不管，不能见死不救。

母亲的声音不高不低，却浑厚饱满，足可以传到西屋。妻子又不聋，不会听不清楚。

我点点头，没多言语，也不知道说啥好。

娘做的没啥可说的。妻子在西屋说，可这钱他们要不还，可不是150斤粮面的事了。妻子话里明显有挖苦母亲的味道。

先救人再说吧，我忙打圆场说。一急一气之下，我也忘了告诉母亲我的喜讯。

没几天，连涛回来了。连涛面容有些憔悴。俊梅跟着，她比连涛有点儿精神。连涛在椅子上坐稳后，掏出一个信封，说，大娘，这是还那粮面的钱。

俊梅忙说，其实早该还了。

咋啦，外气了吧？母亲瞪大眼睛说，都过去恁长时间了，再说粮本也作废了，还提个啥。

我很是意外。

妻子一脸惊讶。

连涛继续说，大娘对我胜似亲娘，我今天就认您为干娘。说着就滑下椅子跪到地上，咚咚咚连磕三个响头。连涛的动作有些猛，差一点撞到母亲的腿上。

母亲忙拉连涛起来，连声说，那咋好，那咋好！

我发现俊梅眼里噙满了清泪……

后来，我单独见连涛时问他，那次俊梅来借钱，就不怕母亲办难看？

连涛望我一眼，笑说，办啥难看？咱娘就不是那样的人！

## 笑到最后

母亲笑了。一如既往地笑了。

可这次笑却不同于往常。这次是因为我们兄妹三个都分上了房子。房子是安置房，拆迁后的安置房。虽是安置房，可终归是房子呀。这等大喜事，母亲能不笑吗？母亲露出了她六十四年来最灿烂的笑容，还说，要不是拆迁，恐怕这辈子也没能耐给你们仨置办上房子呀。

父亲不止一次地说，我这辈子最满意你妈的，就是她的笑了。

父亲说，我们结婚那年，你妈从你姥姥家带来一棵桐树苗，栽在了你奶奶堂屋后，后来你奶奶跟我分家，说那棵桐树是自己发的芽，不是你妈栽种的。我气得要拔掉已经返青的那棵桐树。这时，你妈出现了，笑着说，娘，这棵桐树就在咱家地盘上，别人是争不走的。听后，我们不禁问道，那棵大桐树呢？父亲说，前年给你奶奶打棺材了。

提起母亲的笑，父亲好似有道不尽的话题。这不，父亲又说，那年家里喂了头猪，大半年了也不见长，唉，人都吃不饱，何况猪呢。结果猪又得了怪病，整块整块地烂皮，红肉都露了出来，不久就死了。我说卖掉吧，多少换回俩钱。哪料想你妈硬是不同意，竟还笑着说，可不能做昧良心的事情，没那俩钱，我们也饿不死。父亲说，那一年，妹妹三岁了体重才十多斤。

父亲继续讲，那年你妹妹没考上大学，我气坏了，恨她不争气，不像你哥俩儿。你猜你妈咋说，她说人不能比人，这小妮子眉里藏痣，福气在后头呢。还笑着说，他爹，不信，你等着瞧吧！如今，妹妹已是某公司的一个小头目。

父亲给我们讲这些时，母亲不在场。母亲在医院的肿瘤科病房里。

房子到手后不久，母亲就感到腹部疼痛，明显不适。她自嘲地笑说，咋了，难道我没福气住新房子？

谁知一查，竟是子宫癌。当时我们的头都大了，我哥也火速从北京赶到了县医院。我们跟所有癌症病人家属一样，首先做的就是保密，坚决不能让病人知晓病情。为了不让母亲多虑，我哥建议进京治疗，也被大家否定了。

父亲思忖良久，突然严肃地说，你妈笑了一辈子，我们得让你妈笑到最后；没有你妈的笑，我们就没有今天！我们都噙着泪点点头。父亲就一再嘱咐，在你妈面前，今后就一个字——笑！

于是，从那天起，我们都笑容满面地面对母亲。

他爹，母亲问，我这肠炎也该好了呀！

父亲脸上的皱褶里都是笑，说，真稀罕，现在的细菌真难杀死。

我们遂附和，是呀，病毒都是双眼皮的！

我妹妹先笑响了，边笑边拿出一样东西，说，这是新上市的草莓，请妈妈品尝！一颗红灿灿的草莓递到了母亲的嘴边。

母亲轻咬了一口，慢慢咀嚼着，突然问，力量呢？

力量是我哥。我早一脸笑意，说，哥出去见一个朋友，他有点儿业务。妈，我哥说您不该给他置办房子，他北京有房子了，何苦呢？

都是我的孩子，手心和手背，不能分高低。母亲望着天花板，说，他不住，也得给他留着。

妹妹忍不住泪水打旋。我赶紧跨步上前，遮挡住妹妹。妹妹转身出了病房。

为此，妹妹被父亲好吵了一顿。

这时，哥哥来到病房，故做胜利归来的高兴状，笑说，妈，这笔业务很顺利。

我们看到，母亲点点头。

一次，母亲发现我妹夫脸上笑着，眼里却噙着泪，有点蹊跷，问道，你这孩子咋了？妹妹聪明，立马圆了场，就听妹妹说，刚才小米虫飞他眼里了。妹妹不无嘲讽地指着妹夫说，就你眼大！

这毛妮子，看把你惯的！母亲不由得笑了。

母亲病房里我们有节制地说笑，引得其他病友好生羡慕，一脸疑惑。

临做手术那天，母亲有些泄劲儿，有些疑虑。问父亲，他爹，你们没隐瞒我啥吧？

父亲早有准备，佯装埋怨道，说的啥话呀，就一点儿肠息肉，你要有个其他啥，孩子们还能整天笑着面对吗？母亲这才释然。

父亲笑着对母亲说，看着你的笑，我们走到了今天，孩子们都盼着你笑到最后呢！听了父亲的话，母亲果然笑着进了手术室。

手术时间长，妹妹坐立不安，就拾掇母亲的病床。她猛然愣住了，忙喊我，二哥，快看！我看到，母亲盖的被子的一角遍布牙咬的痕迹。我仿佛明白了什么，顿时涌出了眼泪。

从手术室里出来，浑身插满管子的母亲却面带笑容地睡着了。妈妈，您太累了，也该歇歇了。她的笑容好平静，好安逸，好坦然。在梦里，她或许正和她心爱的孩子们说笑，或许正和与她并肩作战的父亲逗乐……

在病房里，望着母亲发黄的笑容，父亲耸着肩膀，第一个哭出了声。接着，妹妹抱紧妹夫，哭出了声。哥哥蹲了下去，也哭出了声。我一头扎进父亲的怀里，热泪奔涌……

相邻的病友都张大了嘴巴，露出了同情而无奈的眼神。

后来复查，医生拿着母亲的复查结果，反复看，仿佛看不大懂，又好像发现了啥大问题。我们都紧张得大气也不敢出。终于，医生尽量平静地说，这样的病例多了，可像老太太恢复成这样的，还极少。

我们不禁鼓起了掌。

在我们的掌声中，母亲再一次露出了笑。

母亲的那一笑，永远烙在了我们的心里。

## 就恋这把土

好像是一眨眼的工夫，一条高速公路就飘到眼前了，真让人觉得突然。征地能得到补偿款，村民们觉得真是赶上了天上掉馅饼一样的好事。但这只是大多数村民的感觉。种了一辈子或者说几辈子的土地，一下变成了高高在上的封闭的大公路，手里捏着镇干部送来的厚厚的一沓钞票，林如福老汉竟哭起了鼻子。

林如福难受，他的独生子可高兴坏了，这下开个饭店做个小生意不就有了本钱？连胖胖的儿媳妇都高兴得哼哼着直唱歌呢。林如福不禁顿足骂道，一对没脑子的家伙，吃了今天不讲明天了吗？但让林如福老两口子有所安慰的是，镇里安排他到高速公路服务区打工，每月领起了工资，也算是人性化的照顾。

老伴儿没想到，林如福还有他自己的算盘。

林如福第一天从高速公路服务区上班回来，老伴儿发现他电动车前篮筐里装有一个黑色食品袋。不透明的袋子鼓鼓的，肯定是老头子给她捎回来的烧鸡，或者一块牛肉什么的。老伴儿忙去迎接，伸手一拎，沉甸甸的。林如福拔下车钥匙，望着她笑，也不多言语，样子很神秘。老伴停住手，想解开食品袋看个究竟。这时，林如福好像看透了老伴儿的心思，说，我来吧。他边有些吃力地从车篮筐里拎出黑袋子，边说，这兜里装的可是宝贝啊，比烧鸡还烧鸡，比牛肉还牛肉呢！说着，走到西墙根，口朝下倒了出来，噗噗流出的竟是田里的黄土！

神经了不是？弄兜子黄土回来，才这么两木锨，能干啥？老伴儿随口埋怨起来。林如福依然笑眯眯的，望老伴儿一眼，又望那堆黄土一眼，表情神态好像说：你等着瞧吧，会给你个意外的。

第二天林如福回来，又用那黑色的塑料袋装了满满一袋黄土。

这之后，林如福下班再回来，老伴儿就不去迎他了。你折腾你的，我看我的电视剧。

把在高速公路服务区打工挣的第一个月的工资交

给老伴儿时，林如福折腾来的那堆土已经小山似的了，一把大雨伞恐怕也遮不住。林如福趁个礼拜天把那“小山”摊开了，撒上了两捧麦种，还像模像样地在四周打了田垄。

接下来的一周里，随着林如福有规律地出出进进，“土地”的面积不断扩大。老伴儿忽然发现嫩黄的麦芽探出了头，密密麻麻，喊喊喳喳，一种久违的感觉油然而生，她不由得深吸了一口气。

下班回来，林如福又一次撒了土。老伴儿没忍住，又深吸了一口气。林如福搓着手看着那片“地”，点点头脱口而出：麦子，我的麦子！激动的神情吓了老伴儿一跳。他一脸亢奋，手舞足蹈，竟绕着那麦田正着走了半圈，又倒着走了半圈。

在接到林如福第二个月工资的时候，院子里的又一块“土地”出现了。这次，林如福撒下的是油菜籽。老伴儿说，不能再弄了，院儿里都快没下脚的地方了。林如福乞求说，等我再弄块菜地，行不？

种些青菜还是不错的，对，再秧一畦韭菜，随吃随割！老伴儿一听也同意了。林如福乐呵呵的样子就好像水灵灵的韭菜真冒出来了，或者是烂漫的油菜花已经花香四溢了。

这天下班，回到家里，林如福端了杯茶，久久地望着庭院里郁郁葱葱的小田地。望着望着，眼前出现了奇异的景象，只见那堆土像黄金一样闪闪发光，闪闪发光的黄金下面，是一间精致的小房子！林如福不禁揉揉双眼，只怪自己老眼昏花了。

不觉春节到了，儿子一家回来过年，看到院子里的三块小田，先是惊讶，接着是赞叹。儿子说，爹就是有心，种了一辈子庄稼，还没种够，看来爹是离了土地就没魂了。小孙子很稀罕，以为那是给他搭的舞台，不由分说，一下子冲到了田里，慌得当奶奶的忙把孙子拽了下来。奶奶边给孙子掸着裤腿上的土屑，边说，你要蹚了你爷爷的麦田，看他不打烂你的小屁股！

年夜里，林如福高兴。看着孙子活蹦乱跳，他高兴，再就是高兴自己又种上了庄稼，院子里一派生机，爷俩儿就多喝了几盅酒。电视上的春晚正热闹，小孙子不时啪啪拍起小巴掌。林如福打了个酒嗝，晃着站起来示意儿子到院子里。

林如福望望深邃的夜空，远近不时有鞭炮声传来。林如福抬手指着脚下的“田地”。儿子说，爹又有自己的田了，多好啊。他没接儿子的话，手依然指着，好像还哆嗦了几下，许久才说，你也快三十的人了吧。儿子顺口说，爹，你爱种啥种啥，只要你乐意。

林如福慢慢地蹲在了“田边”，伸手抓了一把土，反复揉搓起来……

# 走一回父亲走过的路

刚在北京吃过早餐，我接到了妻子的电话，心里不禁一喜。妻子说她现在在郑州出差，忙完后可跟我一块回老家。待我赶到郑州火车站，果然见到了妻子。站台上夏风习习，妻子的一袭白色连衣裙随风轻摆，伊人更是风姿绰约。彼时我和妻子结婚不到半年时间。

妻子递给我一瓶矿泉水，望着伸向远方的轨道，说："你仔细看看这车站吧。"

我"哦"了一声，心想，一个车站有什么好看的呢？南来北往的匆匆过客，平行延伸的无声轨道。我摇摇头，没有看出个名堂。

"你看这轨道，"妻子指着向东延展的明亮铁轨，说，"咱爸曾看护过它们呢。"

"嘁！"我一下子叫了起来，妻子不是说梦话吗？

岳父前不久才在家乡的一个小镇供销社办了退休手续，弄不巧还在棉花地里逮虫呢。

“走，车上说吧。”妻子坚定地说。

随着车身提速，妻子的话语也提速了。“爸爸曾在郑州火车站工作了好几年呢，爸爸是当兵转业安置的。”妻子不无遗憾地说，“爸爸要是干到现在，肯定在郑州也有房子了。”妻子望着窗外，接着说：“我四岁那年，一天家里回来个男人，天黑了也不走，我就抱着妈妈的腿，嘟囔着让他滚，滚得越远越好。妈妈抚摸着我的一头秀发，说这是你爸爸呀，你咋能赶他走呢，你爸爸打郑州赶回来的。小妮子，你吃的那奶糖不甜吗？”

“爸爸在郑州火车站上班，不经常回来，是吧？”我问道。

妻子点点头，她说很少见爸爸的面，不过后来，就回来得勤了，十天半月的就回来一次。

“那是咋回事？”我问道。

“妈妈病了，犯的是那种医学上不好下结论的病，发作了人就过去了，没了气息，掐人中，打脚底板，人又复活了。”妻子说，“吓死个人。”

到了一个小站，停了几分钟，火车又启动了。妻子的话题也稍作停顿，又说，她五岁那年随着妈妈来过郑州一次，记得车站比现在简陋，也没有恁多人，还记得爸爸的奶糖可甜可香了。

妻子望着我说：“妈妈刚犯病那会儿，爸爸是早晚往家里寄大瓶小瓶的药。吃了爸爸的药，妈妈的病还是不见好转，好像那些药片在妈妈身上失去了药效。爸爸不得不下决心离妈妈近些，就想方设法把工作往商丘火车站调。起初，郑州车站的领导不同意，因为爸爸任劳任怨，以车站为家，他们需要爸爸这样的人。后来听爸爸说，他一听说妈妈犯病，就急得团团转，有一次还给领导拍了桌子。领导不放心爸爸，就派人专程赶到老家调查。看到妈妈的病情，来调查的人落了泪。领导听了汇报，同意了爸爸的要求，还给了一些照顾，只是那个领导反复摇头，惋惜爸爸的前程。”

“爸爸回咱商丘了，那咋又在镇供销社退的休？”我很是疑惑不解。

“妈妈的病越犯越勤，爸爸背着奶奶又把工作调回了镇供销社。”妻子说，“气得奶奶指着爸爸的鼻子，骂爸爸没出息，说别人是往上混，他呢可好，是往下拉稀！爸爸很恼火，吼道：‘娘，这不是拉稀不拉稀的事！’”

这时，喇叭里响起了女播音员不太标准的普通话：“各位旅客请注意，商丘站就要到了，有下车的旅客请携带好您的行李，准备下车。”

下车后，妻子示意我在车站前留影。妻子请一位美女用她的手机拍了几张照片。妻子特意嘱咐美女，一定要把背后“商丘”那俩大字拍清晰。

坐上长途客车，我们朝县城而去。车上，我小声问妻子：“妈妈现在身体也看不出啥毛病呀。”妻子笑笑，说：“爸爸回来后，妈妈有了精神，犯病的次数也少了。”

“爸爸的正气驱走了妈妈身上的歪风邪气。”我说着把头仰靠在座椅上，下意识闭目琢磨，爸爸从省会郑州，回到老家小镇，是从高处向低处走，而这个无形的年龄却不会从高处空降到低处，现实是爸爸的一头青丝换成了一头白发。我感觉像做梦一样。爸爸有怨言吗?

睡意蒙眬中，我又听到妻子说镇供销社不景气，有几年工资都发不上，爸爸只好回家种地。时间轮回，爸爸有了回报，妻子给爸爸补缴了养老保险金。爸爸用第一个月的退休工资，买了辆电动三轮车，农忙时拉拉粮食，得闲了拉着妈妈赶集上店。

爸爸妈妈还生活在老家。长途客车来到县城，恰巧有一班乡村客运班车，我和妻子就朝老家奔去。颠簸的客车上，我突然想到，为了一个信念，爸爸不就是像我们今天一样，一站一站地回到妈妈身边的吗?

夏日乡村的傍晚凉意渐浓。爸爸果然在浓荫碧绿的棉花地里逮虫，肩上还搭着一条蓝毛巾。远远望去，爸爸头顶上仿佛怒放了一朵棉花。妈妈手里捏着一个棉花叉枝，迎上来。妻子打开手机，兴奋地让妈妈看我们在车站的合影。妈妈看着看着抿嘴笑了。一旁的爸爸发现我和妻子身后醒目的“商丘”俩大字，脱口说:“这地方，我待一年多呢!”我注意到一旁的妈妈连点了几次花白的头，还瞅着爸爸说:“是我连累了你爸，害得他大热天的跟我在棉花地里逮虫。”

“呵呵，一家人说起了两家话！”爸爸望着妻子和我笑着说。我真切地感到爸爸说的是真心话。

从田里回到家里，我留意到了镜框里爸爸穿铁路工装的几张黑白照片，还意外地发现了衣柜里红布包着的几本荣誉证书。一层层打开红布包，我看到那金字证书依然鲜亮夺目。没料到，树叶一样平凡的爸爸还有这么光彩的经历，他浑身裹着担当奉献，不能不令人敬佩。

手抚红色证书，突然，我内心一阵阵涌动，涌起的是一腔自豪，自豪妻子带我荣幸地走了一回父亲走过的路！

## 与父亲唠嗑

“爹，又有一段时间没跟您唠嗑了。”

暑假后开学第一天，我被任命为镇中学副校长。上午放学后，我就屁颠屁颠地走出校园找父亲唠嗑。我笑说：“爹，我当上副校长啦。”

父亲不语。

我想父亲应该自豪地说祝贺我儿。父亲的自豪是压抑不住的，就像吃馍掉馍渣一样往下掉。当然，馍渣父亲会习惯性地一一接住，可这自豪他断然不会去接，而是让其尽情掉落，让村里人看个清清楚楚、透透亮亮。

“爹，您的第一次自豪您还记得吗?”我问道，“应是我二十三岁那年考取师专吧?”我无意中选择了一个“自豪”的话题与父亲唠嗑。

父亲没表态。

我想父亲应该点点头说是的。父亲说话的表情还是甜中带苦。咋说父亲苦呢？父亲的苦是他不蒸馒头争一口气，拼命让我这只公鸡为他下蛋。好在铁树开了花，我这只公鸡竟下了一个滚圆的大蛋。

父亲老实巴交，木讷口拙，缴个公粮能让人偷梁换柱，他的嘎嘣脆响的麦子被调换成土坷垃麦，受到镇粮管所大喇叭的广播批评。受了奇耻大辱的父亲气愤地找到村支书说理，颐指气使的村支书笑着拍拍父亲的瘦肩膀，说再追还有意思吗？村支书当然没去想父亲想要回什么，父亲执意要的是一个人起码的尊严。这反倒成了村里人永远的笑柄。

“爹，我可是咱村第一个从小鸡窝里飞出来的大凤凰啊！”我继续说。

我知道父亲的苦远远大于他的自豪。那苦宛如一把大伞完完全全遮住了他。父亲苦是因为我的脑壳里装的全是纹路粗糙的大块猪脑子。我光高考就考了5次，年年落榜，经历了近2000个日夜的煎熬，父亲能不苦吗？

我第一次高考与分数线差17分，父亲抱有希望地卖了8袋麦子让我复读。

第二年高考与分数线差2分，父亲大有希望地卖了快下崽的老母猪让我继续复读。

第三年高考与分数线差9分，父亲不免失望地摸摸我浓发覆盖的头，说了一句我终生难忘的话——“这脑子一点儿也不少呀!”后来父亲戒了烟，供我再复读。

第四年高考与分数线差2分，父亲摇晃着头说：“咋恁巧，跟前年一样还是2分。”父亲说着，怀着残存的希望笑了。我的眼泪不听话地流了下来。

第五次高考后，我走出考场就打工去了。我知道自己不敢贸然回家了，心里怕极了父亲的眼光，那眼光像父亲的身材一样细瘦，但却有鹰眼的睿智。

就是这红军长征一样史诗般的复读，让我考中了!

回到村里，我听说父亲得到捷报后，一连在村里转悠了几天，逢人便说，无人便自语，整个人神经了一般。父亲压抑了5年之久或者说大半辈子的满腔的晦气终于扬眉吐了出来，吐得村里角角落落坑坑洼洼里都是。紧盯着父亲拱桥似的后背的，是全村人太阳一样灼人的眼光！

后来我才悔之莫及地知道父亲愚顽兴奋的胸腔里裹挟的是一颗柔弱的不堪一击的心脏。

“爹，咱终归胜利了不是?”我笑着吁出口气，“连蛮横的村支书都勾着下巴率先握您的手不是?”

父亲没接腔。

我想父亲应该说没有苦中苦哪有甜上甜。这是父亲在我高考落榜时常念叨的一句话。

大家都说我同学多，那是因为我读了七年高中。这样说，虽不乏揶揄的意味，可同学多了不是坏事呀。朋友多了路好走，我就沾了同学多的光。他们给我牵线搭桥找到了一个对象，心灵手巧，貌若天仙，还是响当当的镇干部。父亲自豪得合不拢嘴，露出了两颗发黄的残牙。

父亲曾预言过我的面相是文曲星下凡。我还真的在报刊上发表过大大小小的文章。媳妇就是看了我的文章后的作者简介才慕名嫁给我的。不久媳妇又给父亲生了个胖孙子，孙子自然也是非农业户口，每月供应粮面3公斤。父亲拿红粮本的手都是光彩夺目的。父亲自豪得合不拢嘴，嘴里两颗发黄的残牙暴露无遗。

这时我的手机响了，是媳妇打来的。我一抬头，发现太阳偏西南了，这才想起只顾跟父亲唠嗑了，午饭还没吃呢。

“爹，我今儿来告诉您的啥，听清楚了吧?”

我立起阵阵发酸的双腿，继续说：“爹，我抽空再来看您。”

父亲静如泰山。

我弯腰拔起一把青草，紧紧攥在手里。

一低头，我的清泪洒落在了手中的青草上。

那是父亲坟茔上的杂草。

## 父亲的麦粒

那年夏天的一天，偏西的太阳热劲儿刚弱下来，父亲将饭碗一推，抹把汗，就喊娘到场里收麦子。凌乱的麦秸屑富有感情地糅进父亲泛黄的短发里。一晃，父亲在打麦场上忙乎了半月多，该颗粒归仓了。六月的阳光把父亲的背心烙在了身上，父亲洗澡时，脊背呈现出醒目的背心模样，白而发亮。

父亲和我娘我哥齐上阵，摊开的一大场麦子很快变成一堆小麦山。麦山按捺不住地弥漫着麦香的热气。我娘拢了拢湿漉漉的乱发，瞅着麦山，脸上露出了疲劳后的笑容。

这时，父亲伸出左手弯腰抓起一把温热的麦子，用力握了一下，伸开手掌盯了一会儿，又用右手食指来回划拉几下。

“干透了吧?”我娘问道。

父亲没有搭腔，而是拈起几粒麦子准确无误地投入了口中。随着腭骨的上下晃动，父亲嘴里发出了清晰的嘎嘣嘎嘣的脆响。

“我要的就是麦粒嚼在嘴里的嘎嘣脆响！”父亲不容置疑地说。

“装麦！”父亲将军般地命令。面对饱满的麦子，父亲的精气神也是永远饱满的。

“麦收你爹看得最重。”我娘边往簸箕里搂麦，边说，“自从跟你奶奶分家另过，年年都是这样。”

“麦子晒干了，不会生虫。”父亲边扎麦袋口，边说，“缴公粮时心里也踏实。”

“我说多少遍了，从今年起，不再缴公粮啦。”我强调说。

“你以为你是皇上，说免粮就免了？”父亲头也不抬，接话道。其实，父亲很为有个师范毕业执了教鞭的儿子骄傲。

我娘不置可否地笑笑，那意思是责怪我想得倒美。

我望望仅会歪歪扭扭写出自己名字的二老，无语了。无知者无过，只是后来我才知道，父亲是想借今年的饱满麦子，好好出一口去年在乡粮站缴公粮时受的恶气。去年排队缴公粮时，有人趁父亲去厕所，把一袋掺有土坷垃的麦子，调换给了父亲。面对坷垃秕子麦，父亲有一百张嘴也说不清。他因此受到了大喇叭的广播批评。受了奇耻大辱的父亲回来就找村长——现在叫村主任——申冤。村长笑笑，拍拍父亲的瘦肩膀，说公粮缴掉不就好了，再争论还有意思嘛。父亲叹一声，气得夜饭也没吃就蒙头睡了。睡梦中还发癔症连喊："那不是我的麦子！那不是我的麦子！"

十多袋麦子规矩地躺在了架子车上。父亲还跟往年一样，要提前一晚上去乡粮站排队。我娘准备好的有葱花面饼，还有过夜的铺盖。

这时，我看到村长朝我们的麦场走来。我忙向村长招手。村长不会不知道政策，这回我看愚顽的父亲还有什么话可说。我长出了一口气。

"老陆，今年麦子咋样？"村长走近了，瞅着父亲问道。

"亩产一千一二百斤吧。"父亲笑答。父亲说着就解开一袋麦子，抓出一把，说："来，村长你看看。"

村长探头看看父亲手里的麦子，点点头。

"嘎嘣响呢。"父亲说着就拈起几粒麦子准确无误地投入口中。很快，嘎嘣嘎嘣的响声就从父亲嘴里传出。我看到父亲咀嚼得很耐心很卖力很幸福。父亲的那嘴钢牙好像就是为了麦粒生长的。最终父亲很满足地咽下那口麦面，说："村长，我再打开一袋你看看吧。"

"不必了。你呀，就跟这麦粒一样瓷实。"村长再次点点头，说，"村里最过硬的，就是老陆了。"

"用这样的麦子缴公粮，没问题吧？"父亲胸有成竹地问道。

"缴啥公粮？"村长一愣，望我一眼，恍然明白了什么，笑道，"呵呵，你缴公粮缴上瘾了吧？你不知道今年起公粮免征了吗？"

父亲呆若木鸡。无疑，村长的一番话在父亲看来显得惊天动地。

"老陆，不缴公粮就违法的时代，过去啦！"与父亲年龄相仿的村长显然也很激动。

“村长，你可不敢开这样的玩笑呀！”父亲盯着村长，小心地说。

“连我的话你也不信？电视上都播了呢。”村长拍拍父亲的瘦肩膀，一本正经地说，“老陆，去年缴公粮的事，还放不下吧？”

“我真咽不下这口气。”父亲哽咽着说，“我的麦子粒粒嘎嘣脆响，缴恁些年公粮了从没有过二样的。”

“老陆，别恁较真了，都过去了。”村长安慰道。

“看看我的麦子哪粒不嘎嘣脆响？”父亲执拗地说，“那袋土坷垃秕子麦，打人的脸呀！”

“好了，别伤心了。”村长再次拍拍父亲的肩膀，说，“你就把这车麦子卖了钱，买辆三轮车吧。也一把年纪了，该省点力气了。”

“听村长的，买辆三轮车吧。”我娘忙说。我娘望村长一眼，说：“没见过恁一根筋的，弄啥事就怕别人吃了亏。”

“呵呵，谁不知道老陆！”村长笑说，“我说老陆呀，这就是变迁。可不能坐在福中不知福。”

父亲一屁股坐在了车尾的麦袋子上，右手不停地一下一下捶着鼓鼓的麦袋子。

我娘叹一声，偎坐在了父亲的身旁。

我知道看电视怕费电的父亲封闭了自己。父亲有的就是力气，不需花钱的取之不竭的力气。

晚饭时，父亲破例喝了二两小酒，早早地睡了。半夜里，父亲的高声喊叫把我惊醒。父亲喊道：“那不是我的麦子！那不是我的麦子！”我娘摇摇头，轻推了父亲一把。父亲翻翻身，呼噜声再次响起。

…………

如今，年迈的父亲嘴里没有了牙齿，村长和我就再也听不到父亲嚼麦粒的嘎嘣嘎嘣的响声了。父亲嘴里没有了牙齿，那嘴就成了舌头的天下，那自由的舌头时常翻滚：“那不是我的麦子，那不是我的麦子。”

我牵着父亲不停哆嗦的手，知道他一直很纠结公粮咋突然不让缴了呢，他的那嘎嘣脆响的麦粒有多失望和忧伤呀！

## 我哥那绺体面的头发

春天里的风特别多。春天的风首先吹绿了村头的垂柳，把垂柳吹得披头散发。接着，春天的风把我哥头上的一绺长发旋得横七竖八，袒露出了原始灰白色的头皮。这就扫了我哥的兴。我哥忙举起双手安抚那绺秀发。我哥的头皮显出了疲惫乏力，仅残留着这一绺灰白相间的出奇茂盛的头发，好像头皮上的养分都优先供给这绺头发了。这绺头发是我哥的体面，像帽檐一样精心地给帽子撑着门面。

看到那绺头发不断地散乱，有时像马尾巴一样垂落，我就建议我哥干脆把那绺头发抹去算了。谁知我哥俩大眼一瞪，竟熊我胡言乱语，又嗔怪我真不懂人体完美的道理。

我恍然明白了我哥宁肯要这绺头发带给他的实实在在的体面，也不去要那虚无的聪明绝顶。

我哥知道他不能光在春风里安抚他的宝贝头发。他的两个儿子一个在读大三，一个在读研，还不能自食其力。其实我哥的身体还是很有耐力的。突然有一天，他骑着电动车跑到城里找我。他开门见山地说："大处长。"我盯着他那绺帽檐一样的头发，笑着说："哥，你从乡下赶来，就为了叫我一声大处长?"我哥说："村里的蔬菜大棚基地，我想去打个杂，也弄俩烟钱。总不能光吸你的大中华吧。咱吸不起不是?"我哥说着将右手举到头顶，小心安抚一下那绺头发。我哥知道我跟蔬菜基地的杨总熟识。我说："打个电话的事，还值得你跑一趟?"我哥没接我的话，起身打开了我的书柜，说："中午我不在城里吃饭了，给我一条孬烟吧。"说着，我哥嘿嘿一笑，他知道我这儿没有十块八块的孬烟。我又说："村里正搞扶贫，趁着也扶贫你一下吧?""嘿嘿，我有胳膊有腿，吃扶贫多丢人。"他不屑地摇摇头。我不由得看了我哥一眼。

隔两天，村里蔬菜基地的杨总给我打来了电话。杨总说："大处长。"我说："啥处长不处长的，客气啥。”杨总说：“咱大哥够威风的。”我一愣，是我哥在杨总面前摆谱了？杨总说：“不是威风，是体面。呵呵，是体面呀。”我说：“杨总别卖关子了，我哥不是你哥吗？”杨总忙止了笑，说：“是我哥，肯定是我哥啦。”接着，杨总就说了我哥西装革履打着领带拿着大中华烟去找他的情形。杨总还夸我哥的那绺头发打了摩丝，明晃晃的，恐怕蚂蚁拄着拐棍也爬不上去。杨总的意思是我哥不是来打工的，倒像是一本正经去人民大会堂开会。

我哥去年春节前喝了二两小酒，骑摩托摔了头颅住进医院一个多月。杨总还前往医院探视了呢。我哥那次不轻不重的车祸让我顿悟了大脑才是人体的总司令。我哥没有摔伤腿，摔住了右边头颅，他的左腿走路竟一颠一颠的。

我给我哥打去了电话。我说：“哥，那蔬菜基地咋样呀？”“规模不小。他们让我等通知。”我哥说。我又问道：“你去时带盒烟没有？”其实我是故意启发一下，看看杨总说的真假。“烟肯定带了，大中华的。”我哥底气很足地说。我不由得笑一声。看来西装革履打着领带也是真的了。

刚挂了电话，手机又响了，是哥的电话。“咦，你咋挂了电话，我还没有说完呢。”我哥的语气有点着急。我只好解释说信号不好。话筒里我哥兴奋地说：“我去时还穿了你‘下放’给我的那身西装呢！”

“大处长，我可都是为了你的体面呀！”我哥又补充说。

一次饭局上，杨总瞅机会跟我说：“咱大哥的事，就是我的事。”说着弹出了又粗又短的大拇指。杨总意犹未尽，又起身趴到我耳旁，说：“我想了，要是让大哥来蔬菜基地，那是大材小用。还是让大哥照顾家吧，工资嘛，我照发。”

我笑一笑，不置可否。我心里明白杨总怕我哥给他们添乱子。但我不知道我哥会不会接受杨总的“好意”。其实我哥在没出车祸前，脑袋瓜还是挺活泛的。我那两个优秀的侄子就是例证。这时，我的脑神经猛然闪出一个意念——我得抓紧把我“下放”给我哥的那套西装要回来，免得再惹出可笑的事端。

果然，杨总派人给我哥送去了两个月的工资。杨总做事一向义气还讲体面。我哥掏出信封里的那沓钱，望一眼，又装进去，笑着说："这不是我的钱，我不能要的。"

我哥原来一直在外打工，每到年底都能拿回来四五万块钱。出车祸后，他脑子落下了后遗症，偶尔癫痫病一样嘴角嘟噜沫子，我嫂子就没再让他外出。

不觉春天又来了。春天里的风特别多。春天的风把我办公室窗前的一棵垂柳吹绿了。站在窗前，突然想起了我哥。我哥在家里待不住，就到村头闲溜。那不安分的春风肯定又吹乱了我哥那绺体面的头发。

## 放飞吧

刚散会到办公室，乡下的表妹打来了电话。表妹说：“哥，我一会儿进城，想见见你，你上班了吧?”手机里表妹语气明显急切。

我望望窗外，窗外不知何时飘起了雪花。雪花稀稀落落，但也让人欢喜，这小雪多少给春节后上班的头一天送来了年味呀。过年要没有纷纷扬扬的白雪，就像老人身边没有嬉戏打闹的孩子，那算没了氛围，没了味道。

静听着远处间歇的鞭炮声，心想表妹无事不登三宝殿，她有啥我能办的事呢？这时，表妹敲响了办公室门。

表妹进来后，我没料到妹夫也跟来了。接着，又进来一个大学生模样的女孩。

携家带口的，看来还真不是小事。

表妹拍拍身上的雪花，坐下了，还笑了一下。我发现她的笑有点僵硬。

妹夫边跺着脚上的雪泥，边掏烟。妹夫从烟盒里掏烟的手有些哆嗦，或许是天寒冷吧。

女孩没任何举动，直盯着表妹。

表妹镇静一下，瞅着女孩，指着我说："这是你伯伯。"又望着我说："闺女雯雯。"

"哦，长大了，才几年不见呀!"我笑着去倒茶。

"大学毕业了呢。"表妹看一眼妹夫，表情有点放松。

我不抽烟，妹夫把烟送到嘴边，又拿下装进了皱巴巴的烟盒里。

"快说吧，咱哥上着班，忙呢。"妹夫明显急切了。

我忽然明白了，表妹想让我给孩子安排工作。

"哥——"表妹瞅着我，说，"这孩子一点不听话，非在离咱家几百里地的郑州上班。"

"现在在哪儿上班?"我问道。

"一家公司。"妹夫接道。

"这不错呀。"我笑着说。

“在什么单位我无所谓，”表妹说，“我只是想让她回来，一个女孩在外多作难！”

“我爸我妈怕我受罪，我理解。”雯雯终于说话了，她一定很压抑，带着哭腔说，“可我能养活自己呀，我绝不再向家里伸手。”

原来矛盾在这里！肯定又是车子与房贷等生存压力的问题。

果然，表妹说：“你想想，房子动不动几十万，我都给她算过了，她到五十岁也还不完房贷。”

这时，妹夫接道：“她弟弟又考到哈尔滨去了，唉！”

“那个小浑蛋也扬言说毕业了去美国混。”表妹怨恨地说，“心都不小！”

“你们到底咋了？”我很吃惊，笑着说，“小鸟光在笼子里能长大吗？”

“唉，家里怕今后就我和你妹妹了。”妹夫话里很悲观。

我终忍不住，笑着站了起来。

我想说表妹和妹夫鼠目寸光、因循守旧、自私自利、小农意识、井底之蛙、活该受罪等。可我没张开口。我没张开口是因为表妹抱着头嘤嘤哭了起来。我发现表妹凌乱的长发明显发黄发白。妹夫看着比我还大几岁。他们供养两个大学生实属不易。他们没想到供养出大学生会有这样让他们感到可怕的结果。他们怕孩子远走高飞，自己辛辛苦苦反倒孤苦伶仃。

表妹停止了哭泣，说："俺村大柱的儿子考到昆明，毕业后，大柱都叫他儿子回到乡政府上班了。身边没个人咋办呢？叫我们到城里生活，我们不习惯呀。唉，到老了连个人倒口水都没有。"

"别为难孩子了。"妹夫站了起来，说，"随孩子的意愿吧。只要孩子能过好，我们就高兴，哪能想恁远哩。"

妹夫还算开明。

"强扭的瓜不甜。"表妹气愤地说，"真是白养了俩孩子！"

雯雯望着我。我知道该我做主了。这也是表妹他们无奈时找我的目的。

"好好的，净胡想，弄得跟上刑场似的。"我递给表妹一张抽纸，说，"孩子有抱负，能出人头地，不是我们当父母做梦都想的吗？自古忠孝不能两全，这些大道理还要多说吗？你就考虑老了以后的事，可你们知道政府是干啥的吗？是吃干饭的吗？说杞人忧天，也不为过。”

“呵呵……我心里透亮点了。”突然，表妹站起来，说，“还是我哥学问大，说得在理。”转身瞅瞅雯雯，说：“还不快点谢谢你伯伯。”

此时，我发现雯雯脸上才有点笑意。

表妹又说：“来时急慌，也忘了带点东西。都是这死妮子把我气迷糊了！”

表妹走后，我猛然想起大年初一那天，大哥把我叫到一个僻静处，一脸认真地说：“我寻思好一段时间了，家里得留一个人。”说着，扭头去看正争相用手机拍照的他的儿子和女儿，还有他的几个侄子侄女。院子里一地红红绿绿的鞭炮皮，还有躲到墙根的几只鸡鸭。孩子们拍照的热闹气氛恰与浓浓的年味相符。

大哥如此说，让我想起在除夕夜的饭桌上他说的一句话：“你看我们这一大家子，十几口子。父亲那一辈他们弟兄仨，我们这一辈弟兄六个，下面这一辈小弟兄九个，三六九，多吉利的数字！”

原来，大哥的话还没有说完！

一晃，大哥过了知天命的年龄。父辈仅剩我小叔，他与我同一属相，大我两旬，年纪七十有余。我们弟兄六人，五人在外工作生活，仅大哥在家务农，照顾快八十岁的母亲。孩子们大都在外工作、读研、上大学，离家最近的也在县城念高中。

大哥的忧虑不无道理，眼前的热闹只是暂时的，正月初五初六以后就一个一个小鸟一样飞走了，院子里就又恢复了一年的清静，跑来跑去的还是那几只傻鸡傻鸭。

“留下谁呢？一个一个的都恁上进，都恁优秀。”我也很犯愁。

“反正留一个的好，都放飞了，恁大的一个家，多可惜呀！”大哥说着燃着了一支烟……

我走到窗前，发现窗外的小雪早已停止了，远处近处一片淡淡的白色。

表妹和大哥他们想的，难道不现实吗？

## 最美酒鬼

立冬那天，苏庄的苏大胖死了。苏大胖名叫苏春树，是苏庄村支部书记。他人奇胖，一颗罕见的大脑袋好像直接栽种在了肩膀上，脑袋一晃动，那赘肉就颤颤巍巍的。人胖了，心脑血管病就随之而来，他终死于脑出血。村人记着苏春树，不是因为他太胖，而是因为他是个酒鬼支书。他纯粹是喝死的。有村人说，除了一天到晚喝猫尿，没有一点政绩，占着茅坑不拉屎。这是对苏春树当支书的盖棺定论。

那年冬天，苏治国接任了村支书。这个苏治国，是个军转，也是个酒鬼，用大碗饮酒的主儿。

村人叹一声，摇摇头。那意思很明白，又一个酒鬼，也好不到哪里去。

但经过一段时间，村人才发现苏治国还有个怪脾气，那就是谁找他办事，苏治国就非留谁喝酒，弄盘花生米，捞碗醋蒜瓣，剥几个变蛋。你拎几瓶酒，就打开几瓶酒，二一添作五，一人一半，不悫不哄，公平公开地喝。你若不喝或走人，他就坦然笑说，事要不办，酒就不喝。来者就只好又激动又胆怯又无奈地坐下，慢慢喝酒。酒是最公平的。一般的人能与苏治国的酒量比拼吗？那年苏麦囤送去四瓶白酒，是说批宅基地的事，喝完第二瓶，再开第三瓶时，苏麦囤舌头硬着说，我投降了，我……事不办了。苏治国倒笑了，独自又大大方方喝了一杯，说，宅基地可以考虑，不过，剩下的这瓶酒，你必须带走。因惧怕他的酒量，自然也就没有人再拎着礼品（多是几瓶酒一件火腿肠）去他的家。这倒也风清气正，但村里人想办的事，也大都一一遂愿。

来年春分这天，苏治国被 120 急救车拉走了，是从乡里的饭店直接拉走的。听说喝了一二斤酒，人都休克了。

村里人说，看，喝出事了吧，俺就不信那邪。苏治国还没出医院，苏庄就破天荒地开进了几辆车，有轧路机，有推土机，还有拿着皮尺放线的。村里有人问，你们这是咋的啦？

那拿皮尺的人说，你们是贫困村，我们来修路的，水泥路呢！

路修好后，村里人才知道，这条路，是支书苏治国喝酒争来的。那次120急救车拉他，就因为修路。村里看他笑话的人，心里感到怪别扭的。

原来，那天，苏治国给新上任的黄乡长接风，专门提到村里的路。黄乡长笑了，黄乡长不说路的事，却说："听说老苏是大酒量，有名的酒鬼，今天我想试试。眼见为实嘛！"说着，倒了一玻璃杯白酒，足有三两多。黄乡长笑着说："喝吧，只要表现好，一杯酒一里水泥路！"苏治国望望黄乡长，没想到黄乡长来这一招，一脸半信半疑的僵笑。黄乡长当即安排身边的财政所长："你可记好了，我说到做到。"财政所长望望苏治国，忙劝道："算了，别打赌了。万一喝出事来。"苏治国看黄乡长一脸认真，当即端杯，龙饮了一杯。黄乡长笑了，问："治国，要修几里的路呀？"苏治国算了算，大概有五里路，于是，就毫不迟疑地伸出了五个手指头。看苏治国那么诚恳，黄乡长很兴奋，当即命人又倒了四杯酒。苏治国菜也不就一口，缓缓站起，咕嘟咕嘟一连喝下四杯，抹了一下嘴，喘着气说：“谢谢黄乡长，治国逞能了！”黄乡长啪地拍了一下桌子：“真乃军人作风，我要的就是这样的支部书记！”看得一桌人早把眼珠子掉了出来。

那次，苏治国之所以请黄乡长喝酒，说是给新乡长见面汇报工作，其实是趁机说村里修路的事。他早听说上面的项目下来了，谁主动谁成事，何况是贫困村呢。望着眼前飘带一样的水泥路，苏治国很感激黄乡长，感激那几杯酒。黄乡长人实在，以这种方式着实让苏治国难忘。

进入夏天，苏治国辞去了支书一职。

苏治国辞职，是苏治国老婆逼的。他老婆说：“治国，我嫁你二十多年，不想守寡，老支书喝死了，我不能看着你也喝死！”擦把眼泪，又说，“你支书辞了，这日子咱就过；你不辞，我就先死给你看！”老婆手握着瓶农药，一把鼻涕一把泪的。苏治国清醒，支书这个岗位也不是爷爷奶奶撇下的。

苏治国不干支书后，再也没人见他喝过酒，有酒局他也是以水代酒。

那年夏天，接任苏治国的是苏崇权。大家都知道，他夜里做梦都想当支书。一说苏崇权，大家都笑了，咋恁巧，这又是一个酒鬼！不少人见过他拿酒泡馍，连吃带喝的，跟泡方便面一样。

头伏那一天，一辆鸣笛的警车呜啦呜啦开进了村里，把正喝着酒的苏崇权带走了。

很快，村里人听说，是苏崇权倒弄低保出事了。村里人不大明白，他咋倒弄低保呢？原来，他把低保当火腿肠，一个一个的都暗地里给卖了。

“嘿嘿，”村里人不由得笑起来，一脸遗憾地跺跺脚下的水泥路，说，“你看这酒喝的，真不比人家苏治国！唉，这酒呀，到底是个啥东西呢？”

## 始作俑者

脑残了，还能当顾问吗？

我问村支书牛才仁。我指的是他想让牛才江当顾问的事。村里人都知道去年腊月二十三小年那一天，天空飘着小雪，牛才江骑摩托车摔了头，在县人民医院住院一个半月，大年三十都是在医院里过的。要不是戴着头盔，恐怕小命早呜呼了。

能！坐在我办公桌对面，牛才仁一脸坚定的笑。

牛才仁心就是大，当着村支书，还跑到县里要项目。我笑着问，才仁，你想聘个顾问，不是为了腾时间挣钱吧？

不是，不是！牛才仁摆摆手。

我很不解，说，才江一向是三脚跺不出一个屁的呀。

牛才仁忙说，二哥，听我随便说他几个事，你就懂得我的苦心了。

我瞅着有些谢顶的牛才仁，点点头，示意他喝一下纸杯里的茶水。

牛才仁咕嘟喝一口茶水，抹抹嘴唇，神色还很兴奋，说，牛才江摔了头后，大脑真短路了，说话不着调，东一榔头，西一斧头，也不干啥活。才江媳妇说，能扒出来命，就烧高香了，有这个人在，比啥都强。他除了吃饭在家，别的时间大都二大爷赶集——随便溜了。在社区，他不能撞见出租车，一撞见就拦下，从腰里摸出几张一块的纸币，晃一晃，喊道，我就坐这几块钱的！好些人都笑话他，说他该进废品收购站了。他好像犯了小车饥渴症，原来头脑清醒时，一块钱的出租车他也不肯坐呀！

可能大脑乱码了。我笑说。

前不久大气污染防治，也不知道谁想的点子，把我们社区裸露黄土的树根四周用水泥砂浆抹抹。好些人看到了，没有谁去制止。我当时不在家，可能进城了。才江二话不说，上前把几大桶灰浆推倒了！推倒后，哈哈笑着跑了，还高喊，胡来，胡来，真胡来，树根施肥用水泥!

这个消息我也听说了，后来被谁传到网上，还处理了几个干部呢。我接道。

说实话，就是我在家，我也不敢贸然阻止的。牛才仁说着看了我一眼。

我递给牛才仁一支烟。

牛才仁抽口烟，继续说，村里的大胜嫂子，自从大胜哥癌症死后，就疯疯癫癫的。她女婿就给她在一家公司找了个食堂里的小活，洗洗菜，打个下手，不愁吃，还有千把块钱的工资。有天夜里，她内急找不到洗手间，就随便解了一个地方。没想到她竟把那大便拉到了总经理办公室门口。呵呵，一查监控，当即辞退了。一个儿子在外打工，找了个湖南的女子，结了婚也没了消息。说来她也够可怜的。在村里，她不能见我的面，一见就跟我要低保。我给她办了一个，一月七八十块钱。也不知道她听谁说的，又要办残疾证吃啥补助。她非得缠着我去县服务大厅，她说她迷糊，找不到那大厅。把我气得见了她就躲远远的，村里也没有人搭理她。唉，农村的事真是千奇百怪。

我呵呵一笑，说，也是的，当基层干部就得有肚量。

哪像二哥你，空调屋里开开会，办公室里喝着茶。

我忙说，别扯远了，快讲吧！

后来，你说咋的，才江寻辆出租车，拉着大胜嫂子，去了服务大厅，还硬是办成了事！牛才仁说着说着明显有些激动。

这个脑残，可不简单呀。我赞叹道。

二哥，我也纳闷，他脑子没病时，走路怕踩死蚂蚁，拔个蒜薹也得断几节子。

真是罕见。我不禁感叹。

一次，大胜嫂子拿着残疾证本本，在我面前来回晃悠。牛才仁说，我突然就心生了要牛才江当我的顾问的念头。

他脑子毕竟不正常呀。我不无担忧。

我发现，才江确实能做出常人做不出来的事情。牛才仁说，说实话，我有时也不如他做的。

那你试试看吧。我望着牛才仁说，你可不能拿他当枪头子使呀！

人尽其才，我看中的就是他脑残后的敢作敢为、简简单单。牛才仁又有些激动。

亏你想得出来！我笑道，你呀，真是个有心人。

呵呵，有时候呀，大脑不正常，也不见得就是坏事。牛才仁摇晃了一下头。

二哥，咱村养殖基地的事，你可要放心上呀。牛才仁突然说。

有你这样的支书，政策不倾斜，也说不过去呀。我笑道，你以为我忘了老家？

不几天，牛才仁打来了电话。

手机里他兴奋地直喊，二哥，顾问发挥作用啦！

我一愣，问道，咋发挥的？

牛才仁说，还是大胜嫂子，她吃贫困照顾的事。我给镇领导也说了几次，镇领导说指标少，等等吧。我就不敢再提了，再提我怕镇领导对我有看法呀。这时，我就想到了才江顾问。我说才江，大胜嫂子困难吧？他点点头。我说这扶贫登记簿上可没有她的名字呀。才江头一扭，一跺脚，拦了辆出租，就奔向了镇政府。也不知道他咋弄的，时间不长，镇长就给我打来了电话。

哦，还是你当支书的有办法。我由衷地赞叹。

牛才仁呵呵笑着挂了电话。

时间一长，“脑残”当顾问的事我也就忘一边去了。

这天上午，我正准备下乡，牛才仁来电话了。这小子可是有一段时间没音信了呀！

就听他说，二哥，你说，才江这货是真脑残，还是假脑残？

才江咋啦？

他不跟我干了。牛才仁声音低沉地说，也不知道他哪根神经犯病了。

哦！我一愣。其实，我想说，你又不脑残，还用问吗？

我灵机一动，反问，你是始作俑者，你看呢？

许久，牛才仁嘟哝道，不识抬举！

## 俺也给羊喂把草

六月的阳光就是毒辣，刺得刘一珠直揉眼睛。揉着揉着，就揉得长城一样码着的灰砖忽上忽下晃荡了起来，揉得那片绿油油的菜园忽上忽下晃荡了起来，揉得一大圈黑的白的羊也忽上忽下晃荡了起来。

“小珠，咋样？比不得学堂吧？来，送你副眼镜，接着！”一副墨镜从车窗里兴奋地穿透阳光，沿着抛物线就飞落到了刘一珠的手里。车里坐着的不是外人，是这个新材料砖厂的闫总。闫总是刘一珠爸爸的战友。刘一珠边说谢谢闫叔叔，边擦把额头上的汗。刘一珠汗没擦净，闫总就没了踪影。

“今儿我们吃凉面条。”窦师傅肩披湿毛巾，走出厨房，笑着给刘一珠打招呼，“一珠，准备上北大还是清华呀？”

“窦伯伯，我考不恁好的。”刘一珠不好意思地笑着，朝厨房前嘈杂的羊圈走去。

刚高考过，刘一珠主动要求来厂里锻炼。闫总自然给他安排的都是轻松一些的活儿，如记个账、查个人数、通知个事情什么的。

时间不长，刘一珠体会到，走出校园，外面的风景就是不一般。轰隆隆的生产线和一手抓四五个馍边吃边斗嘴的工人，热闹的厨房和肥胖的窦师傅，菜园和羊圈，狼狗和羊的不竭叫声，还有腰带束到肚脐眼下面的闫总。

闫总很少到厂里，但只要他一回厂里，就有几辆小车跟着。刘一珠看到，几个领导模样的人站在羊圈外，兴奋地指指点点。很快，就有羊的绝望叫声传来——一只羊被杀了。窦师傅双手鲜血淋漓，蓝围裙上还散乱地喷有血迹。

突然，一个念头闪在刘一珠眼前，来这一段时间，自己可一次也没尝过羊鲜呀。

还是笑吟吟的窦师傅实在，他边清洗还冒着热气的白花花的羊肉，边说："这羊肉呀，出力的不吃，吃的不出力。"刘一珠不大懂，仍盯着窦师傅。窦师傅意味深长地说："这羊是厂里的羊，自然要为厂里服务。老总靠它们协调关系呢。"说着，抬起湿漉漉的右手朝羊圈指了指，"领导吃了羊肉，好些事情就顺当了。"

刘一珠不禁"哦"了一声。

窦师傅似打开了话匣子一般，继续说："羊肉一斤抵猪肉好几斤，叫工人吃，那不是脑子进水了吗？"刘一珠望着羊圈里默默吃草的几十只黑的白的羊，心里既为闫总有思路而骄傲，又为满头大汗的工人师傅而悲悯。

这羊谁喂养呢？

"有专门饲养员，跟其他工人一样发工资。"窦师傅边低头清洗龇牙咧嘴的羊头，边搭话，"羊身上都是好菜，光羊头就能弄出好几样下酒菜，羊头肉、羊脑、羊舌头，更别提那羊外腰、羊鞭啦。他们吃得可欢了。"

这出力流汗的工人师傅多需要羊肉补充营养呀！

"偌大个厂，这帮工人除了能运砖、装砖，其他的也办不了什么呀！"窦师傅笑说，"等一珠有出息了，他们肯定能吃上羊肉的。”

吃饭时，刘一珠发现，工人们个个端着饭碗，远远地望着羊圈，谁也不愿前去丢把草，有时羊渴得咩咩直叫，也没人肯去端碗水。

刘一珠就把实情告诉了闫总，还问：“闫叔叔，羊肉不让工人师傅吃，那羊肉汤也不能喝一碗吗?”闫总没料到小珠恁有心思，点燃根香烟，笑着说：“好，小珠的建议有道理，下次每人一碗羊肉汤。”

建议得到首肯，刘一珠感到少有的畅快。

大概有一段时间了，刘一珠发现，窦师傅再也没杀羊了。“闫总不回来，羊可不是乱杀的。”窦师傅一本正经地说。

这天终于逮住了闫叔叔。

下车后，闫总递给迎上来的刘一珠一瓶纯净水。闫总抚摸着刘一珠的肩膀，爱怜地问：“小珠，累不累呀？那羊肉汤咋样?”

“累啥累，厂里生活可有意义啦!”刘一珠高兴地说，“羊肉汤泡馍，吃得工人们干活更带劲了。”

“我决定，羊圈里的那些羊，定期杀一只，来改善工人们的生活。”

“啥？羊肉那么贵……”

“唉！”闫总晃晃大肚腩，叹一声，“上边要求严了，他们不敢来厂里吃了。”

“也好，不吃不腐败！”刘一珠大人一样说，“我看这羊应该叫工人们多吃。”

“小鬼！”闫总笑了一声，又舒缓地说，“厂里全靠工人支撑的，亏谁也不能亏了他们。扪心自问，以前我做得是有些过分了。”

“好啊，我这就告诉他们去！”刘一珠说着，一溜烟跑了。

窦师傅大显身手，一只大黑羊鲜美的羊腥味迅疾飘出厨房，钻进工人们的鼻孔。瞬间，一阵阵吸鼻翼的响声风一样溜出厂房。

到了吃饭时间，刘一珠发现，一个穿白背心的工人左手端着碗，右手拿把青草，走到羊圈前，把青草丢下，才恋恋不舍地去厨房。

接着，刘一珠惊讶地看到，陆陆续续走过来吃饭的几十号男女工人们，每人都是一手端着饭碗，一手拿着把青草，依次到羊圈，望望昂着头的羊，像天女散花一样撒下青草。然后，意犹未尽地再去厨房打饭。

“你们能吃上羊肉，多亏了小珠。”窦师傅的话从热气腾腾的厨房里传来，“我相信，这孩子会有出息的。”

“俺也给羊喂把草！”刘一珠找片青草地，唰唰拔下几把，扭身穿过正午热辣辣的阳光，朝羊圈迈去。

站在窗前，闫总无意中目睹了这一幕。那一刻，他感到他的小厂从没有这么开阔，这么亮堂。猛然间，他又感到他的眼睛好像一下子飞进了许多小虫，一阵阵发起酸来。

这时，飘过来一声底气十足的羊的叫声：“咩——”

## 挂历上的数字

一个振奋人心的消息，在八月酷暑的热风中，一浪高过一浪地传播，连县电视台的新闻也当作头条播出。十年后，偏僻的小县城又出了个清华大学学生！要知道，上清华，考北大，县政府都纳入了政府年度工作目标。越偏僻，越贫穷，人才越弥足珍贵，县长听了教育局局长的汇报后，笑吟吟地说，好啊，十年磨一剑！教育局局长说，这个学生叫方伟，是个留守孩子，跟着他奶奶生活。啊？县长很意外，思忖道，这么多吃不愁穿不愁的城里学生都没考上，他……教育局局长忙说，嗯，我觉得这孩子肯定有不同于他人的地方，我这就安排人调研一下。县长说，好好总结，多出人才！

于是，我接到了这个调研任务。

在一高校长的陪同下，我来到了城郊的一个小区。我打眼一望这个小区，既没有绿化，也没有停车位，就判断这应是目前县城最次的生活小区了。学生方伟就住在这个小区里。

盛夏的阳光就是毒辣，从车上到方伟家，不足50米，我们的T恤衫很快就湿透了。敲开门，果然是方伟的奶奶在家。屋里比外面还闷热，原来没开空调。我扫视一周，也没发现有空调。这时，奶奶打开了吊扇。吊扇呼呼地旋转了起来。风虽然是热风，可也感到了风吹的爽意。奶奶看到我俩的狼狈样，不好意思地笑着说，习惯了，也没感到有多热。我分明看到，她皱巴巴的脸上细汗一层，一旁的旧式黄布沙发上，放着一把蒲扇。我心里说，这么个小居室，安装一台1.5P的空调就足够了。

我问奶奶高寿。奶奶笑说，啥高寿？过了年虚岁就七十了！

真不像！我和校长异口同声道。老奶奶精神矍铄，面色红润，腰板硬朗。

奶奶弄明白我们的来意后，说，方伟这孩子出去找同学去了。她望望校长，又看看我，不再言语，从沙发上站起来，转身进了里屋。

我和校长面面相觑，感到莫名其妙。吊扇仍呼呼地傻转着。

奶奶拿出了一个有些发黄的纸筒。奶奶拍拍纸筒说，要说对孩子的教育，实话实说，我觉着就在这里了。她解开系绳，原来是七八份大张挂历。

奶奶说，这是我和孙子方伟进城后，每年的挂历，我都还留着。

我猛然发现，挂历的每月甚至每日的数字上边和下边，几乎都有歪歪扭扭的手写数字，颜色不同，有铅笔的，有水笔的。

我很惊讶，问，这是咋回事呀，写那么多数字？

奶奶笑着抽出一张，盯了一会儿，说，这张鸡年挂历，是方伟从乡下转学到二实小，读四年级那一年的。上边的这一天一天的手写数字，是我开三轮车每天挣的钱数，你看这天拉 46 块，下边这天拉 29 块，还有拉 13 块的。奶奶说着说着幸福地笑了。他爸妈不在家，我伺候孙子，也就是吃饭洗衣，闲得慌，就干起了三轮车的活计，挣个买菜的钱吧。

哦，奶奶真有心！

奶奶接着说，下边这稀稀落落的手写数字，是孙子的学习成绩。他写他的，我记我的。你看四月的这天他考了 83 分，五月的这天，96 分，进步了；也有退步的时候，你看这天的就 73 分，我记得那几天方伟感冒了。

奶奶向上推推圆圆的老花镜，一张一张的都让我们过过目。她展示的，宛如她心爱的宝贝。上边的数字几乎天天有，也有空白的。奶奶说，那天肯定有脱不开身的事，要不就是头疼脑热了。下边的数字稀少些，那是因为考试次数少了些。看着看着，我恍然觉得，那上边的一溜数字，仿佛朝着下边的几个数字招手呢；那下边的数字探头探脑，调皮地说，哼，看我超过你！

这时，奶奶抬手指指南墙壁，说，这是今年的挂历。上边就这几天有我的数字，其他都没了，年龄大了，骑不了三轮车了。下边这些都是方伟的，他养成了习惯，每次考试罢，就往上边记成绩，还时常前后比比，好像知道了咋努力。

奶奶突然提高声音说，你俩再看看，我和孙子的这些数字，有啥变化没有？

逐一审视摊开的不同颜色的挂历，果然发现了一个明显的变化：那就是奶奶的数字，越来越小，小到5了；而孙子的数字，越来越大了，都大到269了。

奶奶有些兴奋地说，这个孬孙，口口声声说跟我竞赛，呵呵，终把我这老婆子竞赛老喽！

好一个挂历上的数字竞赛！

我不禁握住奶奶肉少皮多的手，心脏怦怦地直跳，竟一句话也说不上来了。一股向上的力量一阵阵地冲击我的心扉。

校长也趋步上前，一下握住了奶奶的另一只手。

# 再活五百年

谢老太太从仅剩两颗发黄的牙齿的嘴里，再次咕哝出我不想活了，真的就引起了正为谢老太太洗衣服的我的警觉。身为专职保姆，我的一双湿漉漉的手就僵在了空中，不由得望望坐在堂屋门旁轮椅上的谢老太太，又望望乡村辽阔的天空。谢老太太宛如熟透的香瓜，随时都可能落地。一只叽叽喳喳的喜鹊，不识时务地拉下一粒屎巴，那屎巴子弹一样穿透阳光，不偏不倚地射到谢老太太肩上。

我忙擦干手去拨打谢总的手机。我牢记着秃顶的谢总对我的嘱咐，老太太有什么异常，立即拨打他的手机。我妄断，谢总的大谢顶应跟他在城里和乡村来回跑动有关。

娘，咋不想活了呀？谢总风一样从城里赶回，笑着蹲在谢老太太跟前，问道。

吃饱等饿，没啥意思。谢老太太嗫嚅着答道。谢老太太的听力时好时坏，思维也是一会儿清，一会儿混。

娘，过去咱家没吃的，村里不少人都逃荒要饭，您那时咋不想不活呀？谢总很有耐心。

谢老太太笑了，空洞的嘴里那两颗残牙很醒目。

娘，这房子还小吗？

站在一旁的我笑了，说，俺家五口人的房子也没这儿宽敞。

娘，是吃得不好吗？

谢总每月除发我薪金外，另外给我 300 块让我买菜买水果，再三安排我荤素搭配，注意科学营养。谢总忙，家里就我和谢老太太吃饭。谢老先生去世得早，一张大照片摆在堂屋的桌子上。

娘，是那戏唱得不好听吗？

听说谢老太太年轻时曾在戏班唱过戏，很喜爱听戏，谢总就给她买了最好的唱机，还有厚厚的碟片。

谢老太太摆摆手，说，不是，不是，我觉得活着厌烦人了。

这卫生干净，衣服干净，一天三顿饭滋滋润润，还有果汁喝着，不会享福吧？谢总倒笑了。谢总说着，从口袋里掏出盒碟子，说，娘，我让您听听这个。把碟子放进唱机，声音就飘了出来。我一听，是那个有关皇帝的电视剧的主题曲，啥“向天再借五百年”，啥“还想再活五百年”。

谢总真有心，我不由得笑了一下。就听谢总问，娘，听明白了吗？

啥五百年呀？谢老太太似懂非懂地说。

皇帝还想向天再借五百年哩！谢总有些激动。我忙附和说，您不好好活，要叫我失业呀？

这时，谢老太太抬起胳膊，那皮多肉少的手朝桌子上指去。

谢总扭头望去。

相框里谢老先生的笑容很可亲。

你爹一个人在那边快二十年了。谢老太太仿佛自言自语。

呵呵，想我爹了。谢总站了起来。他一定腿酸了。

是你爹想我了。谢老太太依旧喃喃自语。

我一惊，脊背直冒凉气。

娘，您的一大群孙子都盼您健康长寿呢。

孙子？我多久没见了？好想他们啊。

的确，我来伺候谢老太太也快一年了，真没见过谢总说的一大群孩子。

娘，北京的北京，广州的广州，出国的出国，都有出息了，您不高兴吗？谢总忙说。

高兴，高兴。谢老太太盯着相框，一滴眼泪挂在了眼角。

谢总扭头望着我，说，嫂子，把刚才那歌曲循环播放。唉，老太太真糊涂了！

我思忖着点点头，播放一首歌曲又能怎样呢？

这时，谢总的手机响了。我发现谢总接听电话后，脸色明显很焦急。就听他又嘱咐我，播放歌曲的事，千万别忘了。

我笑着再次点点头。

谢总转身跨步出门。谢总确实很忙。

突然，谢总止了脚步，一脸正经地说，我听一个大师说，当父母的能活多久，就预示着下边的孩子能活多久，所以，那首歌曲要让老太太反复听，洗洗她糊涂的脑子。实话实说，就是你今天不打电话，我也准备回来送碟子呢。

我一愣，看来碟子真的非常重要。

谢总驱车走后，我立即打开唱机，那首《向天再借五百年》的歌曲就反复唱了起来。那虚幻的乐曲就像水雾一样罩住了谢老太太。

这时，我意外地发现，谢老太太不再说胡话了，竟闭眼睡着了。

我拿条毛巾，蘸上清水，去擦谢老太太肩上喜鹊屙的那团发白的屎巴。我轻轻地擦啊擦，怕惊醒了谢老太太。她好几天没睡香，大都是一挤眼就醒了。我第一次察觉到，小鸟的屎巴不是真的臭，似还有野草的余香。蓦地，我突发奇想，要是鸟屎臭气熏天，谢总会不会亲自为老太太擦拭呢？反正我是会的，谁叫我是专职保姆呢！

## 猪的幸福

我娘赶集会买回来一头黑乳猪。把那小猪往猪圈里一撒，它夹着短小的黑尾巴，一下躲到猪圈角落里，仰头充满敌意地望望我娘，望望我爹，又望望我。

我爹把猪东瞅瞅、西望望，又猛地一下跳进猪圈里，脸憋得通红，半天望着我娘问：

“我叫你买的啥猪?”

“母猪啊。”我娘坦然回答。

“你公母不分吗?”我爹厉声呵斥道。

我娘就忙打开猪圈门，撵着猪查看个究竟。

这时，我爹“砰”的一脚，把褐色塑料猪盆踢到粪坑里，愤然离开猪圈，伸着头迈出了家门。

爹的这一脚，我娘知道，是冲她的。那卖猪的咋坏了良心呢？我娘无力地倚在猪圈栅栏门旁，许久未动。我娘明白爹的苦心，一头母猪，喂个年把，就可以下猪崽，下了猪崽，我们弟兄几个就有饭吃有书念。

因为这头公猪，我娘算倒了霉了。一晃七八个月了，没少吃没少喝的，就没见这头猪长个，除了猪脸皱纹深了，猪毛粗壮了，猪叫声响了，别的没有什么明显变化。我娘因此无端挨了不少我爹的骂。我娘也自知理亏，不敢与我爹争辩。每当我爹恼怒滋事，我娘就仇视一眼那不争气的猪，气得几天不喂它东西吃。

一天晚饭后，我爹猛抽口烟，边吐着蓝烟，边对我娘说："明天找人劁了它！"说罢，咳嗽了几声，啐口痰，倒床上睡了。

我娘知道我爹心里不好受，手头又没有多余的钱再置换头母猪，只好等着把这头公猪养大养肥了。我娘知道我爹为了这个家，里里外外操碎了心。

我娘破例把涮锅水和剩饭残渣，给那头黑公猪加了顿"夜宴"。

第二天一早，我娘披衣站在猪圈门口，傻了眼了。急忙喊我爹：

“他爹，快出来！”

原来圈里多了一头猪，一头母猪！

我爹并没有显得十分兴奋。他清楚，那头发情的母猪交配后是要离开的。

我娘也冷静了，全然没有了刚才的激动。

下地干活回来，我娘一进家门就直奔猪圈。我娘一天在地里就魂不守舍，那心思全在家里的那头发情的母猪身上。

那头母猪还在。

夜里，爹抽着叶子烟，歪在床头，对我娘说：

“等着明天有人来找吧。”

我娘点点头。在当时，一头猪就是庄户人家最值钱最金贵的东西了。

三天过去了，没有人来找。

十天过去了，没有人问丢猪的事。

可想，我爹我娘那心悬在了何处。把那母猪留下吧，心里不安；赶走吧，又不知是谁家的。

没想到这头瘦小的黑货是块吸铁石，把那母猪像铁一样给吸住了！我爹脸上有了喜色。我娘发现我爹脸色不那么紧张了，也松了口气。

天上掉馅饼的感觉就塞进了我爹我娘的心胸窝。他们满瓢满盆地喂那公猪时，心胸的怨气也荡然无存了，心里喜滋滋地说，多亏是头公猪啊！

母猪快要下崽时，那头不争气的公猪也争气了，个头一晃也魁梧了，雄赳赳像个“男子汉”了。

更令我爹我娘惊讶的是，那公猪和母猪吃食时，从不争抢，互相谦让。它们饱餐后，相偎相依，眉来眼去，缠缠绵绵。“他”哼哼一声，“她”嗯嗯一句。“她”前脚进窝，“他”后脚跟进，须臾不离。“她”大腹便便，多有不便，这时，“他”一马当先，鞍前马后，铺床让食，尽英雄本事。满猪圈的温馨情调，和睦气氛。

12 只小猪崽哼哼嗷嗷满猪圈乱爬乱拱，喜气洋洋。12 只小猪崽就像 12 块熊熊点燃的黑煤球，照得我爹我娘正困顿窘迫的心头一片光明。我娘说，天无绝人之路啊。

正当我爹朝手指上吐口唾沫，耐心地数着卖猪崽换的钱时，我娘却意外地发现那头公猪和母猪闷头躲在猪窝里，一声不响，一动不动，毫无生机。我娘似猛然感到了它们的失子之痛。

我爹吐口香烟，对我娘说：

“好在它是猪。”

我娘一直注视着那头公猪和那头母猪，在我爹用沾着唾沫的手指数钱时，它们落寞地相拥着躲在猪窝里，一动不动。

在它们一次次“得子”之幸转为“失子”之痛时，我们弟兄几个都如期完成了学业。

我爹我娘终于舒了口气。每当村邻艳羡地在我爹我娘面前，谈起我们弟兄几个都像模像样地在城里混时，我爹我娘脸上的皱褶里就填满了自豪、骄傲和满足。

说实在话，在城里的我们弟兄几个既感恩父母，又感恩那两头猪。

就在我们真诚感恩那两头猪的时候，就在我爹眼看快要再一次用沾着唾沫的手指数钱的时候，我娘疯狂地对我爹喊道：

“他爹，你快来!”

我娘急得就只能说这一句话了。

原来，猪圈里，那头快分娩的母猪不见了，那头公猪也不见了！猪窝一片狼藉。猪圈门瘫在地上。整个猪圈一片死寂，唯有猪遗留下来的浓浓气息。

我爹手持烟袋，喉结不停地上下滚动，没有做出任何反应。

…………

后来，有人对我娘说，在村北地河沟里，看到了那两头猪，还有一群小猪崽，行军队伍一样，边啃草边哼哼着赶路。

我娘忙找到我爹。我爹只苦笑了一下，说：

“他娘，既然‘私奔’了，就不要找了，找也没用的。这几年，多亏了它们呀……”

我爹又自言自语：

“当年，我们俩门不当户不对，你爹嫌贫爱富，你不是背着你爹娘，硬跟俺登记结婚……我们不也熬一大家子人了吗?”

我娘不禁失声痛哭起来。

## 拿手活儿

杀猪是四叔的拿手活儿，只可惜四叔的拿手活儿现在没有了用场。

我就是吃四叔杀的猪肉长大的。俊俏的四婶也是奔着四叔的这手杀猪好活儿嫁过来的。

然而，机会还是来了。

县屠宰场的聂总要到村里来杀猪，说是寻找年味儿，说打小就喜欢过年，喜欢过年飘着雪花，喜欢过年放鞭炮，喜欢看杀猪。我与聂总扯上关系，是因为我每年都养百十头猪，我养他杀，日久就好了起来。

这时，我就想起了四叔，想起了四叔的杀猪锅灶。四叔还健在，可那经年的血腥气的杀猪锅灶还安在吗？我说："我回去找找看吧。"

"去吧，你小子！"

于是，我就屁颠屁颠地穿行在村里腊月二十七春天般的阳光里。

曲里拐弯穿越便道绕到四叔家门口时，我不由得长出了一口气，掏出手机就喊："聂总，杀猪锅台还在，还在呀，你真有福!"我喘着气站在了那里。我一眼就发现了厚厚的秫秸掩盖着的杀猪锅灶。那真是四叔的最爱，换了其他人就不会保留了，占地方还碍事。霎时，我仿佛看到袅袅蒸汽中四叔肩披毛巾正在刺啦刺啦地奋力刮猪毛，随着湿漉漉的猪毛横七竖八地打着卷儿褪下，刺眼的白猪皮的面积也在不断扩大。

聂总激动地说："先准备好，我吃了午饭就赶过去。"

这个聂总，有五十岁了吧，还小孩子一样这么喜欢过年。我窃笑着走进四叔的家。

听到"杀猪"俩字，四叔脸上的皱褶里顿时迸出了鲜活的神经。

可是很快，四叔又松劲儿了，说："那几把杀猪刀好多年没用了，恐怕早生锈了，再说我这体力也差多了。"

我笑笑说："有磨刀石，还怕刀不锋利吗？体力嘛，多找几个人不就行了，反正聂总不差钱的。"

四叔还是犹豫不决。

"四叔的杀猪好活儿，远近闻名，谁不佩服！"说着，我来了个朝猪脖子猛捅一刀的动作。

四叔笑了，露出了两个可爱的豁牙。

正当四叔磨刀霍霍，四婶翻找捆猪绳，还有几个帮忙的人刷锅找劈柴时，聂总的黑色大"别克"开进了村里。

聂总拿出一条烟，一人一包。众人乐了："聂总真大方！"

一头大黑猪被赶来了。大黑猪嘴里不停地哼哼着，似乎很不满，或许它不懂自己长大了就要被杀的宿命。一条后腿被捆住后，黑猪发疯般地乱扯乱窜。

"又回到我小时候了！"聂总边感叹边打开车的后备厢，搬出来簸箕般大的一盘鞭炮。

"先点炮，再杀猪！"聂总兴奋地喊。

燃着的鞭炮噼噼啪啪欢快地炸出了一地红纸屑，像铺了一地红花，吉祥喜庆。淡蓝色的硝烟穿透阳光升腾散去。聂总一边拿手机拍照，一边不住地喊道：“这才是过年，这才是过年呀！四叔，开始杀猪吧！”

四叔早攥紧一根粗杠子，吼一声，不偏不倚打在黑猪的脑瓜儿上。

聂总抿嘴竖起了大拇指。

七八个人把晕倒的黑猪抬放到一块楼板上。

刺啦！一眨眼，四叔的尖刀从猪脖子里拔了出来。

咕嘟咕嘟，殷红的冒着热气的鲜猪血有节奏地流到了四婶端着的铝盆里。

“乖乖，满满一大盆！”聂总激动地说，“猪血是好东西，是肠胃的‘清道夫’。”

聂总抬头望望偏西的太阳，一脸的灿烂享受。

“注意灶火，五十度左右！”四叔命令烧锅的四婶。

“水温高了低了都不好煺毛的。”四叔望着聂总卖弄自己。

四叔又说：“猪的毛就数黑猪的最难煺了。”

锅下冒蓝烟。锅上冒水汽。四叔头上冒热汗。

“呵呵，聂总真好玩，放着屠宰场不用，受着罪大老远跑到村里来杀猪。”

“屠宰场杀猪是屠杀，我们在这儿是宰杀。屠杀无情呀，宰杀才有味道哩。”聂总笑着说。

随着众人一声“嘿——”，猪被头朝上悬挂了起来。白花花的猪身子，咋看咋像个一丝不挂的女模特。

四叔双手握刀，凝神静气，气运丹田，喊一声：“开！”接着刀光一闪，刺啦一声，长长的猪身被剖膛开肚。

聂总鼓起了掌，叹道：“好利索的刀法！”

四叔说：“猪头沟沟壑壑的，最难清理，由我来吧。你们抓紧清洗猪下水。”

偏西的太阳发黄发软时，卸开的猪肉用食品袋都装进了后备厢里。

最后，四叔喘着气提着还滴着水的猪头赶来。

“不了，这猪头就送给四叔。”聂总突然说，“那猪下水也送你们，当下酒菜吧。”

四叔一愣，喘着气说：“那咋好意思呢？”

我知道聂总一向大方，就说："四叔，收下吧，聂总今儿个高兴。"

聂总给了我猪肉钱，又给了四叔他们杀猪的辛苦钱，就告辞了。

四婶拿着杀猪挣来的钱，笑了，不住嘴地絮叨："这聂总就是有钱。"原来聂总每人多给了五十元。

我捏着一沓钞票，望着轿车扬起的飞尘，心想四叔今天收获最大了。

这时，我的手机叫了起来，是聂总打来的。聂总说："老弟，那个猪头只能送给四叔了。"

我一惊："为啥?"

"那猪舌头早被你四叔割下来了。"

"啊?!"

"其实我早想好了，要送给他老人家几斤肉的。"聂总说，"今天杀的猪肉，回去也是给几个哥儿们分了。过年嘛，图的就是热闹!"聂总又说："算了，大过年的，别再提这档子事儿了。"

我叹一声，忙说："聂总，真对不住呀!"

"杀猪有年味儿，明年我还会来的。"聂总笑说，

“哎，你听这是啥声音?”

我分明听到手机里传来噼噼啪啪的声音。“这哪来的鞭炮声呀?”我很吃惊。

“手机录的今天放的鞭炮声。城里不让燃放烟花爆竹了，听听录音总可以吧!”聂总哈哈大笑了起来。

这个聂总!

吃晚饭时，我把四叔偷割猪舌头的事告诉了我娘。

我娘一提四叔这不主贵的手就来气，说：“我真稀罕了，大半辈子了毛病还没改，他年轻时连别人结婚陪送的一盒茶具也往家里拿，何况是猪舌头！嘿嘿，这倒成了他的‘拿手活儿’!”

大年初一给四叔拜年时，我对他说：“明年聂总还会来找年味儿，还要杀猪的。”

四叔说：“聂总这人好啊，我等着!”

## 有意志的卒

啪！啪！两枚木质棋子滚动相撞的清脆声，由远及近，由弱而强。

这一定是卒哥来了。他的口袋永远是鼓鼓的，鼓鼓地装着的是一张塑料棋盘和数枚棋子。他悠然踱来，漫不经心，且是左手执着两枚棋子。随着手指的翻转，那两枚棋子便耐心地不间断地发出啪啪的清脆的相撞声，俨然城里人为了健康在手里把玩的两个核桃，翻来滚去。只是城里人把玩核桃是为了锻炼手力，锻炼大脑。有节奏的相撞声，分明传出了卒哥的自信、悠然和博弈之乐。

卒哥大名叫牛广林，乳名唤作兵。他参军复员后，带回一副印有红色“奖”字样的中国象棋。他时常是棋不离手，手不离棋。在中国象棋里，兵原本就是卒，卒就是兵，村里不少人都直呼他“卒哥”。

卒哥复员还带回来一身鲜亮的绿军装。卒哥穿上军装，英姿飒爽，气度非凡。只可惜他学问太浅，在部队没有发展下去。不过，这身军装却给他带来了好运，一个名叫胡桐花的大姑娘，奔着那身军装，毅然投入了他的怀抱。

在卒哥啪啪的激励声中，我学会了“马走日，象走田，卒拱一步士走叉”。并知晓了卒只能前进，不能后退，待过了河界，方可左右移动。这规矩不免苛刻，多让卒们无奈！我跟卒哥对弈，时常败得一塌糊涂，他有时仅用两个小卒，就把我的帅府围攻得密不透风。

卒哥的二孩子有才八岁那年，奔着军装而来的胡桐花患败血症，撒手西去。卒哥在胡桐花的黑色棺材前，独自对弈三天三夜，茶水未进，一言不发，直至昏厥过去。棋子发出的啪啪声，如幽灵发出的哀鸣。

我猜想，那三天三夜，卒哥一定是在回忆他和胡桐花嫂子的幸福日子。

要说卒哥的幸福，我至今一直认为，是他用转业复员费买来的那辆自行车，给胡桐花嫂子带来了生活的快乐和慰藉。那时的一辆自行车，不亚于现在家里的小轿车。卒哥幸福地带着胡桐花赶集上店，抓药买盐。卒哥弓腰伸头，奋力蹬车，那自行车如行云流水，嗖嗖前行。胡桐花抱着卒哥的壮腰，咯咯咯咯的笑声，曲里拐弯洒了一路。

最让人难以忘怀的应是胡桐花学骑自行车的趣事了。卒哥扶住后座，胡桐花大脚一蹬，自行车就扭扭捏捏地前行。自行车轮子刚转几圈，她大臀左一掉，腰一拧，车子就不听话了，就朝右边慢慢歪去。胡桐花就急忙喊，哎哟哟，我的娘，要摔着我了！吓得一只觅食的鸡扑棱着翅膀逃逸了。喊归喊，自行车却安然无恙，似倒非倒。笨重地歪歪扭扭地骑了两丈远，胡桐花的大臀又掉到了右边，腰也拧成了麻花，自行车重心偏移，就朝左边缓缓倒去。哎哟哟，我的娘，要摔着我了！她又喊叫。旁边正看稀罕的一只狗被吓得夹住尾巴，逃窜了。自行车前轮歪倒了，后轮也离开了地面，车子却稳稳地站住了。胡桐花忙一脚踏地，气喘吁吁地下来。胡桐花人胖腚大，早把卒哥累出了一头汗。几歪几倒，还险些摔伤了，胡桐花就拍拍身上的土屑，心满意足地说，我的娘啊，看着简单，还恁难骑！在一旁看热闹的我们几个孩童笑得快要岔气了。卒哥啪啪拍拍自行车皮座，望着年轻貌美的媳妇，嘴也合不拢了……

后来，我听说，卒哥把那身已褪了色的绿军装，与胡桐花一块放进了棺材里。

等我再见到卒哥时，他的大儿子有福在南方打工被骗，卒哥寄去的数目不小的押金也打了水漂儿。不料卒哥见了我，倒来了精神，仍是笑嘻嘻拿棋、布盘、码子，仍是手执两枚棋子，啪啪地翻转。还埋怨我在城里上班也不常回来，忘了哥云云……我发现，棋盘前的卒哥瘦削中仍透着刚毅。卒哥说，二孩子有才很争气，我常拿你当榜样。他又自言自语，有才这孩子聪明，能考上大学的，我就是砸锅卖铁，也要供他。说着，捡起一枚棋子，晃了一下。我看到卒哥手执的棋子是卒，点点头，不由得笑了一下，说，你这枚卒，会蹚过河界的。

初夏的一个礼拜天上午，在村头的柏油路旁，我撞见卒哥正独自一人下棋。我问他咋恁好的心情。卒哥说，无事一身轻啊。彼时，他二孩子有才正在一个很不错的大学读研究生。他说着顺手指了指小菜园里忙碌着的一个穿着蓝碎花衬衣的女人，似不好意思地笑道，你嫂子。

我一愣，顿时明白，卒哥又续了一房。

也不告诉弟一声，弄顿喜酒吃吃呀。我随口责怪道。

再下一盘吧。卒哥缓缓码开了棋子。

我看一眼不高不低的俊俏嫂子，在金黄的阳光下，她正饶有兴致地用一段青麦秸秆，孩童似的东一下西一下吹着路边盛开的小黄花。

卒哥望望她，又看看我，叹一声，说，外来的，老家哪儿的都说不清楚。

我哦了一声，说，老来伴儿，是哥有福气哩。

她才有福气呢。卒哥争辩道，遇到我，家里好吃的，净紧着她了。

卒哥说着，啪啪有节奏的棋子翻滚相撞的声音再度响起。

一股田野的清风袭来，我把手里的棋子兵，大踏步地往前迈了一步。

卒哥望我一眼，绽开了一脸的菊花。

# 抗　旱

1

村主任用沙哑的嗓音，通过大喇叭，在烤人的阳光里叫喊——

“各位乡亲，太阳高照，已经四十五天，滴雨不见，粮要减产。唐宋元明清，没见过这样的天。决不能眼瞅着庄稼苗旱死完，望父老乡亲抓紧抗旱！”

听到村主任的广播，石磙老汉跺跺脚，叹息一声：“这老天爷！”

天恁旱，村主任还是恁幽默。寡妇素颜抿嘴笑笑，不由得抬头望望刺眼的太阳，复又回到阴凉的堂屋。

2

妮儿给哥哥打电话。妮儿是石磙老汉的闺女。

“哥，咱爹打电话要个马达。”

“要马达?”

“说菜园快旱裂了，得在村里带头浇水。”

“唉，三分地的菜园，值当吗?”

“哥，咱爹的脾气你又不是不知道……哥，因为你包地给大娃叔，你们爷儿俩别扭到今天，要不是村主任出面给咱爹留了三分地做菜园，咱爹——”

“这我清楚。你说自古种地有发财的没有，一辈子庄稼佬冤……再说，咱俩在市里，咱爹在家还种地。”

“这不怪你。我也没能和咱爹商量通啊。咱娘老后，爹的脾气更怪了。”

“我听说爹夜里不在家里睡，睡在菜园了?”

“嗯，睡一段时间了，我也没敢对你说。”

“唉——”

## 3

天地像个大蒸笼，鸡鸣狗跳。

一头汗水的村主任出现在石磙老汉家。

“主任，坐吧。”

“站坐一个样，反正是个热。”

“全村的大事小事，都得仰仗主任哩。”

“没见过这天。老石，抗旱你得带头啊。”

“嗯，妮儿买了马达。”

“日他奶奶的，都不愿抗旱！没粮饿死你个驴熊！”

“主任你别生气。哎，主任，西南角那块地浇灌了没有？这块肥地可不能旱了啊！”

“老石，你也看我的笑话？”

“这块地要旱了呀，我看你是不想活了。”

“哪壶不开提哪壶哦。”村主任弓着腰笑着走了。西南角那块地是寡妇素颜的玉米田。

## 4

妮儿的手机响了。是石碌老汉打来的。

“妮儿，马达买好了吧？”

“爹，好了，明儿个给您送去。”

“妮儿，没给孩儿说吧？”

爹说的“孩儿”，是妮儿的哥哥。

“没给我哥说。爹，浇水千万别累着您了。另外注意安全。”

“好，好。我抗了旱，你回来摘菜啊。爹的菜没农药呀。”

## 5

石磙老汉望着从马达里流出的汩汩清水，猛地想起了在生产队时用推车抽水的情景——七八个汉子，喊着号子，流着汗，有说有笑……那时多快乐啊！石磙老汉陶醉在甜蜜的回忆里。一只蜜蜂围着老汉嗡嗡嗡扑来飞去。

蔫头耷脑的菜叶，浇上水不久，便来了精神，绿意盎然了。

“这菜啊，就像孩子，有奶吃就不闹人了。”石磙老汉抚摸着一片菜叶，望着旷野袅袅蒸腾的热气，自言自语。

## 6

妮儿的手机响了。是哥哥打来的。

“出事了，妮儿!”哥哥的声音很急切。

“哥，出啥事了?”

“你在哪呢？我去接你。”

“我在办公室。到底出啥事了，哥?”

“村主任告诉我，咱爹中电了。”

“啊，电着了?!”

## 7

输着液的石磙老汉醒来了。

“妮儿，我咋在这儿呢?”

“爹，您吓死我们了！您差点把命搭上!”妮儿一个劲儿埋怨，又说，“爹，您出院后住俺家，苗苗想姥爷了。”

“想姥爷就回家，我可不愿困在鸟笼里，憋都憋死了!”

菜园没人照顾，荒芜了谁赔得起？那可是爹的牵挂啊。

8

村主任气愤地把一个水泵从井里拔出来，喘着气，直骂："奶奶个熊，我叫你乱争，谁也别想得逞！按顺序来，大家心情都一样，谁也不能看着苗旱死。乱来，只会都死！"

在井边等喷灌机的素颜朝村主任看一眼，扭身走了。素颜扭腰朝西南方向走去。

村主任没走，他抬手指挥："先朝西南方向抽水抗旱，其他暂停！"众人愕然。很快，清水汩汩地朝西南方向兴奋地流去。

"地旱，人更旱。"不知是哪个小子喊了一声，"村主任抗旱哩！"

井边顿时冒出一片笑声。

那年，村主任的细腰、村主任的瘦腿，在这田地里，素颜一览无余。当然，素颜的肥臀上，那颗靠左的诱人的黑痣，村主任也闭目难忘。

9

村主任沙哑的声音穿透灼人的阳光，在大喇叭上响着——

“各位乡亲，告诉你们个消息，既是不幸的，又是值得高兴的。这不幸的是，石磙老汉在菜园浇水，用湿手拔插座，中电了！这值得高兴的消息是，石磙老汉命大，没啥事了，又能回来种地了！一分耕耘，一分收获。人勤地不懒，你哄地皮，地皮哄肚皮。自古如此！”

村主任讲毕，擦擦汗。村主任想，素颜听到了吗？

村主任不知道，素颜听后，笑了好久呢。

## 10

进入农历八月的第二天，素颜儿子给村主任送来了两盒月饼。村主任笑着说：“还没有节日味呢。”大而圆的月饼摆在了村主任面前。圆圆的月饼，咋看咋像素颜的脸。

素颜儿子说：“我妈说今秋大旱，我家能大丰收，得谢伯伯呢。”

与此同时，妮儿在城里吃上了石磙老汉的无公害蔬菜。当然，哥也吃上了。妮儿给哥送菜时说："要没那马达，别想吃上新鲜蔬菜，只是那马达，险些要了爹的命！"

## 光明的搓背者

周六带儿子上澡堂，成了我进入冬季的必修课。

儿子已读高中，两周一休息，时间紧张得很。古时有头悬梁锥刺股，三更灯火五更鸡，我看现在跟那时也差不了多少。儿子回到家，哪次都是没睡醒的样子，脸色如刚上市的韭黄。

望着蓬头垢面的孩子，我不免心疼，说，儿子，要学会劳逸结合，我带你冲冲澡，换换心情。儿子嘟嘟囔囔地说，爸，还有作业呢。我安慰道，磨刀不误砍柴工。

进入雾蒙蒙的澡堂，儿子有些害羞，故意避开我。遮羞衣脱掉后，个个赤身裸体的。只有服务生和搓澡工穿着黄裤头来回穿梭。我记得儿子读小学时，夏日里我在家里卫生间冲澡，不愿与他一块儿。儿子却一头钻进浴室，说，同为男人，有啥呢？我真欣赏儿子那时的天真无邪。

学生时间金贵，冲冲泡泡，我就叫儿子搓背。给儿子搓背的这个人穿着件白背心。我嘱咐他，学生，几周没洗了，好好搓搓。白背心看看儿子瘦高的个子，笑说，念高中了吧？高一了，儿子随口答道。呵呵，跟我儿子一般大。白背心顿时来了精神。

我也躺下搓背。一个脖子上挂了根粗黄金项链的胖子给我搓背。我想，项链多半不真，要是真的，干这活儿也亏了。

那个白背心兴致勃勃地与儿子聊上了。先问作业多不多，压力大不大，又朋友似的开玩笑询问有相中的漂亮女生没有？

胖子边轻松地搓灰，边对我说，给你儿子搓背的那个是正儿八经老牌高中毕业的，听说考取了大学被顶走了。他没后台，也没找人。

我哦了一声表示意外和同情。

要是我，胖子掀起我的左腿说，娘的，我非叫他吃不完兜着走！说着狠狠地搓了一下。

我不禁哎呀一声。

胖子见我叫疼，方清醒过来，忙歉意地一笑，又说，他的字写得可好了，字帖一样。

我叹一声，表示惋惜。心想，是真是假，也说不准。

就听胖子说，这就是命吧，他还时常教育我们，今天不好好搓背，回家媳妇就得给你好好“搓背”。

我不由得乐了，这话说得真逗！

就听那白背心对儿子说，可不能谈情说爱，那样学业就废了。我儿子跟你一样，很听话很懂事的。

白背心拍拍儿子，说，好了，再冲冲吧。

儿子起来了。白背心突然指着儿子躺过的搓背床垫呼叫，哎呀！快看看。儿子很不好意思地离开了。

我近前一看，啊，儿子的身体形状拓印了出来，仿佛是人体速写，简约逼真。儿子身上的厚灰，洋洋洒洒勾出了他身体的轮廓。

白背心很有成就感地笑了。我也笑了，为儿子幽默的厚灰。白背心一头汗水，边收拾搓背垫布，边说，现在的学生，虽不愁吃不愁穿，可压力大得很，却又没办法，应试教育嘛，只能如此。

望着儿子洗澡还不能摘掉的厚厚的眼镜片，我点点头。

白背心噗的一下把那搓背垫布扔到大桶里，笑着说，我要是教育部部长，早改革了。翅膀上带着石头的鸟儿，能飞多远呢？

这时，胖子插话了，不无讥讽道，又不满了，尽发牢骚，当初复读一年不就好了，还犟脾气，落到今天这一步。

许是戳到了白背心的痛处，他忙乎着没再言语。

我安慰道，人各有志，哪能千篇一律呢。望着白背心默默钻进飘忽不定的雾气里，我心想，谁都不想跟着命运走，可到头来，命运却主宰着那么多人。

冲冲洗洗，儿子出去了。

我正要出去，突然发现白背心端坐在门旁的椅子上，用有话要说的眼神盯着我。果然，白背心盯着我说，你儿子额宽鼻高，慈眉善目，定有出息，可要好好培养。不妨趁周末带他到田地里，接接地气，吼喊几声，醒醒脑子。我就是这样教我儿子的，他成绩可好了，都是学校前几名的。

我说声谢谢。心里又笑他净吹了，俨然是个教育家，可又感到了他的与众不同。

突然，白背心又说，我搓的不是灰，是背运，背运没了，才能有出息呀。

我不由得望了白背心一眼，蒸汽中他眉清目秀，看来他还是有一定水平的。他刚才的那句话，不正是他心里的纠结吗？不正是他对下一代的期望吗？

这时，胖子出来了，拿着毛巾的胖手指着白背心，说，看看，又神经了不是？

回到家，白背心的话一直萦绕在我耳边。第二天上午，我果真劝导儿子，一起来到了郊区的麦田里。儿子似忘却了一切，在空旷的绿色麦田里，像匹小马驹尥起了蹶子，扬起一溜尘烟。

儿子说，爸爸，我想起小时候在麦田放风筝了，蓝蓝的天，柔柔的风，多惬意呀。看着儿子少有的放松，我说，儿子，好好轻松轻松。

暖融融的阳光下，瘦高的儿子又一溜烟跑远了，还边跑边唱：是谁在唱歌，温暖了寂寞……

儿子多像只自由飞翔的鸟儿！

那一刻，我突然想起了白背心，心里有莫名的滋味一阵阵翻滚。他运背，毁了前程；他搓背，谋划前程，这或许是他干这伺候人的搓背活儿的根由吧。细想想，搓背者不简单，他的心底那么光明，他的理念那么怪异。背运要是真的能像灰尘一样搓掉，该多好啊！

看到儿子兴奋地活蹦乱跳，我不由得打心里感激他——那位光明的搓背者！

## 一茶杯温暖

时间不长，多数乡干部发现了个秘密，那就是新上任的黄乡长好喝茶，无论白开水还是茶叶水，手不离杯，杯不离手，大热天的也从不喝矿泉水或纯净水。

黄乡长的这只茶杯，是大号双层玻璃杯，能盛一斤多开水，且这只茶杯是他从县委机关带来的，从玻璃壁的模糊与茶斑上看，应是有一段时间了。这只大茶杯给人的印象很憨厚淳朴。

老天爷的节气时令真准，刚入头伏，气温一下子就高达36℃，天地之间活像个大蒸笼。这天下村，因政府余秘书通知得紧张，黄乡长一时忘了带那大茶杯，出了浑身的汗，渴得他喉咙都嘶哑了。余秘书递给他瓶纯净水，他却说，喝那水没劲，还是到办公室喝茶吧。回到办公室，一口气饮下那杯凉白开水，真个叫爽呀！可黄乡长又想，刚才在村里，应该喝哪怕半瓶纯净水呢，人，有时候是不能太呆板了，就像开展工作一样，要灵活机动。

思想正开着小差，突然，黄乡长听到乡政府大院传来高腔大调的吵闹声。他忙迈出门，发现院东边零零落落站着十多个群众，正围着孔副乡长闹腾争执。其中一个大头粗脖子的男人最凶，个头不高蹦跶不低，还指着孔副乡长叫嚷，一副得理不饶人的架势。

黄乡长三步并作两步，来到大头粗脖子男人跟前，轻轻拍了一下他的肩膀，笑着说，小伙子，这大热天的，急啥急，就像树上的知了，光瞎叫不行。自古是有理不在言高，你说是吧？大头男人扭头望着眼前这位文质彬彬、衣服湿透的干部，竟一时语塞了。这时孔副乡长忙介绍说，这是咱乡新报到的黄乡长。走，到我办公室说说咋回事，也凉快凉快，你看这天，热死个人！黄乡长示意大头男人道。场面顿时安静下来。

大头男人有些迟疑，望望同来的乡亲期盼的眼神，又望望有些可亲的黄乡长，就跟着黄乡长进了乡长办公室。俺叫牛大头。大头男人开门见山地说，我就把牛尾村征地拆迁的前前后后，给您说个透亮。黄乡长微笑着点点头。

虽有吊扇扇着，牛大头仍汗水不断，他就用食指不停地刮汗，还不停地干张着嘴。

黄乡长心里猜想，这不醒事的主儿要骂娘了。

这次，黄乡长猜错了。这不醒事的主儿干张嘴，原来是渴极了，竟伸手端起黄乡长的大玻璃杯，一口气来了个底朝天！

恰巧被余秘书看个正着，余秘书忙喊，住嘴！你小子好大胆，竟敢喝乡长的茶！

余秘书这一吼，一下镇住了牛大头。只见他嘴半张着，还有半口水没来得及下咽，端着茶杯的手也停在了半空。他局促地望望余秘书，又惶恐地望望黄乡长，半天，才发出咕咚一声闷响。

黄乡长忍不住笑了，说，不碍事，谁喝了都解渴，你看这天热的。再说，我也失误，没给他倒茶。说着示意余秘书再续一杯。

这倒让牛大头蒙了，干笑着解释，我错了，黄乡长，我……我……说着屁股离开了椅子。

黄乡长站起来，仍笑说，没事，一杯水能解决渴的问题，不是很好吗？其实，当时黄乡长发现牛大头端起自己的茶杯喝水，很诧异。但看着他渴的那个狼狈样，也就释然了。他不渴急了决不会贸然喝别人的茶的。如不让喝，是不是有点说不过去呢？所以不能那么认真的。从另一个角度看，这难道不是对自己的信任吗？黄乡长想着想着心里乐了，真的，这并不是坏事。

孔副乡长困惑地望着难缠的牛大头离去，又困惑地望着黄乡长转身进入办公室。

翌日一大早，牛大头出现在了黄乡长办公室门口。手里还拿着个精致的红色礼品盒。

余秘书敲开黄乡长的门。黄乡长看到牛大头，一愣，说，大头，咋了？还拿了礼品？

牛大头把礼品盒轻轻放在茶几上，像承认错误的学生一样低声说，我媳妇听说我用您的茶杯喝了茶，说我不知天高地厚，就催促我，要我赶紧把这茶杯给您送来。这茶杯是我在广州的弟弟今年过春节时给我的，不锈钢的。我没舍得用。

黄乡长扑哧笑响了，说，大头呀，你小题大做了，有那么严重吗？这不，茶杯我不用得好好的吗？说着，端起茶杯喝了一大口水。

黄乡长拍拍他的肩膀，语重心长地说，我是一乡之长，就是一家之主，一家人哪能说两家话呢，快把茶杯拿走。黄乡长叹口气，接着说，因种种原因，政府还有一些工作没做好，请理解，相信政府会解决好的。边说边弯腰从茶几上拿起礼品盒，我不能夺他人心头之爱啊。孰料，牛大头却夺门而出，逃也似的离开了。

黄乡长兀自摇摇头，笑着示意余秘书把茶杯送去。

黄乡长心里不禁一阵阵激越，是牛大头带来的激越吗？

匆匆赶路的牛大头心里突感一阵阵温暖，是那大茶杯的水送来的温暖吗？

这时，牛大头听到后面有人喊他，牛大头，你的茶杯——

牛大头一回头，见是余秘书撵来了。她右手举着那红色礼品盒，不停地摇晃。她的长头发随风左一扬，右一飘，煞是可笑。牛大头望着望着，心里顿感一酸，眼里竟滚出了泪水……

# 官　料

"增产，你这是弄啥嘞?"支书马文泰对提着一大堆礼品一脚门里一脚门外的高增产高门大嗓地问道。

高增产一边扑棱着被雨水打湿的头发，一边故意将礼品放在支书的脚下，"嗯嗯"地点了点头，算是应答。

雨越下越大，不大会儿的工夫，地上便积起了一串串的水泡。

望着地上的一堆礼品，支书再明白不过高增产的用意。一落座，他就开门见山地对高增产直奔主题。"上午乡里通知，说月底要换届选举。这次换届，学臣那小子，嘿嘿……"支书说到这儿，干咳了两声，不知是故意，还是其他。接着又提高大嗓门长长地叹了口气："这一次，就看你的造化喽，小子。"

"学臣这小子能耐大呀。"支书将一根烟在桌上顿了顿，若有所思地眯起眼睛继续着他的话题，“从部队回来这些天他都没消停过，今天去县里培训，明天动员亲戚凑资金，我倒要看看他的真本事，这年头，适合胆大的，有脑子的。”支书说到这里，又若有所思地吐了一口长长的烟雾。瞬间，那浓得化不开的烟味呛得增产连打两个喷嚏。

其实，高增产心里再明白不过，支书马文泰对学臣有成见，村里的老少爷们都知道。年前，学臣从部队转业回来凳子还没暖热，就到处嚷嚷着要在村里办什么养殖场，说要把在部队学到的养殖技术发挥出来，带领村民发家致富。这事，让一辈子土里刨食的村民反响强烈，可让干了几十年支书的马文泰的老脸没地儿放。

“学臣这小子不知天高地厚，跟您对着干不反了他了？这次换届，他是我的竞争对手，叔，有您给我撑腰，我怕啥？关键是他哥。”高增产说这话时显得有点底气不足，眼睛朝支书瞄了瞄。他知道多次上门，支书都没有向他吐露半点换届选举的风声，这次的长吁短叹又让他捉摸不透支书的葫芦里卖的啥药。

俗话说，朝里有人好做官。增产说的学臣他哥，指的是学臣一奶同胞的大哥，在市职能部门担着一官半职。前几年，村里的水泥路和田里的几眼井就是他哥努力争取的项目款建的，这事，支书心里有数，老百姓心里也都记着呢。

“该送的礼我都送了，该走的路我也打点了，您放心，叔，在外闯荡十几年，对官场套路俺轻车熟路。”高增产一字一顿地说这话时，显得底气十足，甚至对进村委班子他十拿九稳。

“小子，你脑瓜灵，人活泛，点子多，这几年在外面闯荡也没少挣大钱，可好钢要用在刀刃上。念在我跟你爹打小就是光屁股一起长大的分上，我也想拉你一把。”

高增产听到这里，再次给支书点燃一根烟，笑嘻嘻地眯起小眼睛点点头，示意已领会。随即，便就着近处高一声低一声紧锣密鼓的雷声无所顾忌地对着拨通的电话大声嚷嚷。电话不知打给谁，听口气像是有来头。尤其最后那一句弄点绯闻啥的，令支书马文泰不由得倒吸一口凉气。

愣怔间，高增产的手机铃声再次响起。半天，他对着电话的另一端，面部表情急剧地变化着。随着一声炸雷，声音也提高了八度，兴奋得有点手舞足蹈，一个劲地连连点头。

中秋的月饼还没吃完，高增产就再也没见到学臣的影子。四处打听，知道他外出务工去了。顿时，高增产的心里比中秋的月饼还圆还甜。他知道，礼多人不怪。趁着中秋，借着月光，他把村委一班人及部分村民都串了个遍。末了，他左手提月饼，右手掂烧鸡，迈着八字步，哼着曲儿，敲响了支书家的大门。没想到，这次他吃了个闭门羹，支书的家里没有一个人影，摸摸门锁，铁将军把门，手机也是处于无法接通的状态。

该来的终于来了。在村民的期待中，换届选举在乡党委的监督之下进行，选票由村民代表高一声低一声念得有声有色。此时此刻，高增产头仰得像一只高傲的公鸡，踌躇满志地等待结果。可是，随着唱票临近尾声，他的心也悬到了嗓子眼。望着黑压压的人群，他干咳几声，似在给自己压惊。待他稳定好情绪，唱票已结束。黑板上那白纸黑字完完全全出乎他的意料。横瞅他得了一票，竖看他还是一票，他眨巴着双眼，再细看看，不错，还是一票。瞬间，高增产像被马蜂蜇住似的在人群中四处乱撞。末了，他喘着粗气站在村室门口骂得一塌糊涂。

看着高增产的狼狈样，支书马文泰怒吼道："高增产，全村一千多号群众的眼睛都在看着你，瞧你这熊样，就不是个当官的料。"

## 掰手腕

春节后上班的第一天，乡干部聂文化在老家过年被打伤住院的消息，风一样刮进了黄乡长的耳朵里。黄乡长当即安排管政法的副书记调查一下情况。

原来，大年初一，聂文化家里来客，客人走后，他去了村棋牌室。当时村民聂老虎输得心急火燎，把牌摔得啪啪响，警告聂文化少插嘴。聂老虎平时搞一些小开发，光棍惯了，村里人都让他三分。谁知聂文化酒劲上来了，指手画脚，嘟噜个没完没了。老虎一激动，俩大眼一瞪，掀翻牌摊子，就跟文化干起了仗。好在是赤手空拳，没伤着人。

"那……聂文化咋住院了？"

"要面子呗。聂老虎头也不露。"

"要面子，咋不要法律啊？"

"一个住了医院，一个耍赖不买账。事情就僵在了这儿。”

黄乡长皱了下眉头，说：“我正要会会他，看看是真老虎还是纸老虎。对这样的主儿，好比逮老鼠，多大的老鼠下多少药。”

第二天一早，村支书陪同，黄乡长在村室见到了聂老虎。大头，大眼，短脖子，黑胖，一副天不怕地不怕的模样。

黄乡长觉得他长得有些幽默，忍不住笑了一下，抬手说：“老虎，坐吧。”

“惊动了乡长，我也没啥好说的。不就是踹两下子嘛，他就倒地了。你说这能算打架不?”聂老虎不打自招，面无表情，“我也没想到，一个乡干部，恁不经打，还装蒜住起了医院。”

就听村支书责怪道：“老虎，别恁放肆!”

黄乡长略一沉思，微笑着说：“老虎，今天给你个机会，咱俩掰掰手腕。你胜了，我二话不说，走人。”

聂老虎犹豫了一下，以为是黄乡长开玩笑。孰料黄乡长却认真地挽起了胳膊袖子。

村支书嘴张了张，还想说什么，黄乡长挥手制止了。

聂老虎就是聂老虎，一屁股坐在了黄乡长对面。

村支书跺跺脚，一脸着急无奈状。

于是，一只黑胖的手和一只白皙的手，慢慢握在了一起。村支书看到，两只手紧紧地咬着，青筋毕露，剑拔弩张。很快，村支书就听到两只手发出了清晰的嘎巴嘎巴的响声。东风压倒西风，还是西风压倒东风？村支书一动不动，不敢喘气，不敢眨眼。村支书发现，聂老虎的身体渐渐倾斜颤抖，嘴巴有些夸张变形，大额头也冒出了细汗；黄乡长却眼盯对方，气沉丹田，稳如泰山。紧张的博弈中，就听“啪”的一声脆响，见了分晓，那只倔强的胖手被稳稳地扣压在了桌面上！

村支书觉得，他的眼都看花了，眼角还挂上了泪花。

黄乡长笑说：“老虎，让我的吧？”

“没有。”聂老虎揉着手。聂老虎真切地感到，黄乡长的手貌似柔弱，却有一股火山爆发的力量。

“老虎啊，山外有山。”村支书吐出一口气，说，“黄乡长让你俩手，恐怕你也不是对手。”

“老虎还是有一定劲道的。”黄乡长望着老虎，说，“乡干部不是不经打，就看你打的是谁，是正气，还是邪气。”

聂老虎有些心虚，一脸僵笑。

“老虎，村里那一排房子是你开发的？”黄乡长突然问道，“手续都有吧？”

“那是废田地，闲置了也可惜。”聂老虎一愣，没料到黄乡长心恁细，低声说，“手续……”

“有没有手续，你自己清楚。”黄乡长说，“希望你做个明白人。”

聂老虎的大脑袋忙点了点。

这时，村支书说：“手下败将，请不请黄乡长吃饭？”

“请、请！”聂老虎说，“就怕黄乡长不给面子。”

“面子我给，但不是现在。”说着，黄乡长站了起来，拍拍老虎的肩膀，说，“真老虎与纸老虎是不一样的。”

“真老虎要敢做敢当！”村支书兴奋地接道。

没料到黄乡长以这种方式挑明了主题，村支书望老虎一眼，说："你呀，拳头没轻重，好在没伤着人。"

"请乡长放心，我这就去医院！"聂老虎举手表态。

走出村室，黄乡长告诉聂老虎，乡政府要建设特色商务区，要有兴趣，可报名竞标。

说罢，黄乡长转身告辞了。

聂老虎左手不停地揉着右手，目送黄乡长离去。突然，村支书发现，聂老虎的俩大眼里竟罕有地储满了明亮的泪水。

开阔的田野生机盎然，袭来的煦风清新无比。黄乡长不由得张大嘴巴，贪婪地做起了深呼吸。

## 捉迷藏

杨国正不吭不哈地突然造访寒舍着实吓了我一跳。

杨国正一屁股坐进松软的沙发里，扫视一眼我家的大客厅，轻声说："我今天来，你应该明白咋回事吧?"

我分明闻出杨国正声音里有悲哀和愤懑的味道。

我知道，他悲哀，是悲哀我俩同村同学；他愤懑，是愤懑我在乌烟瘴气的氛围中没能把握住自己。

看我愣怔发呆的样子，杨国正又说："别给我玩捉迷藏了，我也不会再给你玩什么捉迷藏了。"说罢他兀自笑了一下。

杨国正笑的这一下，明显是提醒我，这可不是我们孩提时玩捉迷藏的时候了呀。

此时，杨国正在办案，是以纪委的名义办案。

可我迷乱的大脑还是穿越了时光隧道飞到三十年前村里打麦场上，眼前映现出杨国正穿着开裆裤衩，硬是蒙着双眼仅靠鼻子嗅靠耳朵听就准确无误地捉住了我，而且是搂住我的后腰抱得死死的。我失败地大吼一声。杨国正胜利地大叫一声。众孩童鼓掌欢呼。我不得不佩服杨国正的那两只竖着的耳朵和那个像狗一样灵敏的翘着的高鼻子，随口说你小子真是厉害！将来做警察吧。

后来，杨国正没做警察，却当了一名纪检干部。

随着“当”的一声响，我又回过神来看到杨国正纹丝不动地还坐在沙发里。他轻蹾了一下茶杯。“当”，他又轻蹾了一下茶杯。

“叫你嫂子炒俩菜，喝两盅吧？”我故作镇静地说。说着我就掏出手机。

这时杨国正从沙发里站了起来，看我一眼，扭头走了，仿佛神仙一样一下子飘走了。

我愣怔在了那里，许久才挪步滑进沙发里。我把空白的头颅放在沙发背上，仰视客厅金黄的吊顶。猛然感到造型别致的吊顶魔鬼一样阴森恐怖，还发出了回音很重的笑声。

我下意识地看看时间，都六点四十五了媳妇还没下班回来。“这女人真肉头！”我心里窝着火不禁骂了这一句。话音没落地就响起了敲门声。

门外站着的还是杨国正！

就听杨国正说：“走吧。”

瞅瞅杨国正身后没其他人，我张了张空洞的嘴，没发出声音。

“走吧！”杨国正显然不耐烦了，几乎是吼道，“手机无法接通，你咋回事呀？”

我知道跟纪委的人走，会是什么结果。此时再打媳妇手机，肯定是晚了。我的心猛然像车的发动机一样加速飞转起来。我隐约觉得咔嚓一声，我的内脏全部亲人一样地拥抱在了一起。

“咦，你这是咋了？”杨国正发出了求救声。我感觉到了地球的万有引力。杨国正扶着下滑的我也身不由己地一块歪倒在了我家厚重的防盗门旁……

等我有记忆时，发现我躺在床上。躺在我家卧室的大床上。媳妇好像很反感，嘟囔着什么。我听到媳妇在卫生间里嗷嗷呕吐。还听媳妇申冤似的说："要叫你折腾死，那‘猫尿’少喝点不行吗？"

原来，昨夜我喝高了，呕吐得一塌糊涂，一个垃圾篓都快吐满了。

这时我的鼻子恢复了功能，闻到了卧室里酒肉的酸腐味。我发现地板上躺着的我的裤子上还有大片呕吐的痕迹。

唉，我叹一声。咋回的家都断片了。我的胃又海啸起来。我把两个枕头压在一起，复又躺下，再不敢多言语，任凭媳妇抱怨吧。

突然，我想起昨夜做的那个梦，杨国正两次来家里的梦。

昨夜就是跟杨国正几个朋友喝的酒啊，他没说啥呀，能是他听说什么了给我说我没记住？

我在职能部门任职，能给别人办些实事，享受着"潜规则"。用一个聪明的开发商的话说是"我们就会算百分之几"，意思是给我百分之几的提成。呵呵，这些大家都"懂的"。可昨夜杨国正非请我吃饭，手机没电了还打电话催，去迟到一会儿还被挖苦了一番。梦里杨国正好像说“别给我玩捉迷藏了，我也不会再给你玩什么捉迷藏了”，这到底是啥意思呢?

我不由得望了一眼衣柜顶上乱七八糟的东西。越是危险的地方越安全，那里藏着一捆现金。一个想干项目的所谓朋友送的。媳妇当然不知道，女人心里不能盛事，还是少说为佳。但人心隔肚皮，虎心隔毛衣。我还隐隐跳疼的脑神经断定这梦就是杨国正托的，不会有也不可能有第二个人！他口口声声说不和我捉迷藏，其实无时无刻不在和我捉迷藏。他灵敏机智，还是小时候的捉迷藏高手，靠鼻子嗅靠耳朵听就准确无误地捉住了我。他以这种方式警醒他的发小，可见他的良苦用心。

然而，这仅是杨国正跟我一个人捉迷藏，要是在大庭广众之下玩捉迷藏，结果就可想而知了。想至此，我一下子吓出了一身冷汗。

我翻身下床，略一收拾就出了家门。

这时，媳妇在后面喊道：“趁星期天，中午再喝点啊!”媳妇发现我拎着个鼓鼓的手提袋，大概以为是拎着瓶酒。

我明白媳妇是在冷嘲热讽，但媳妇是真心疼爱我的。真心疼爱我的还有发小杨国正。我决定中午给他们包水饺吃。

一个多小时后，我回到了家里。媳妇看到我亲自打的水饺馅，一愣，脸色瞬间晴朗多了。

我给杨国正发微信说请他吃鲜羊肉水饺，微信是文字加诱人的鲜羊肉图片。

与此同时，我收到了一条微信，是那个想干项目的所谓朋友发来的。我瞄了一眼，就选择了“删除”。心里警钟鸣响，可不敢再玩什么捉迷藏了！

## 无奈的导师拿出了他的那只小蜜蜂

我七岁那年夏天的一天，堂妹芳龄、小妮和我像三只自由自在的小猫咪，跑到了村塘边。

村塘里的水很浅，却有数不清的小蝌蚪摇摆着尾巴不停地找妈妈。水面上还有几只小蜜蜂忽东忽西地飞来飞去。

芳龄不一会儿就用塘里的泥巴捏出来七八个大大小小的泥娃娃。女孩子的手就是灵巧。

小妮朝坑塘里投了几块土坷垃，土坷垃没能像她想象的那样溅出美丽的水花，她嘴巴一噘，就向芳龄偎去。看到躺着的一溜泥娃娃，小妮不禁赞叹："好啊！"

我用一根小细枝正拨拉一只出来觅食的蚂蚁，听到小妮的一声喊，忙起身赶去。

"芳龄姐，我也要泥人。"小妮撒娇说。

"挖泥你也捏呀!"芳龄不同意，忙用身体挡住小妮。

"我不会捏啊。"

"来，我教你。"我说着就奔向坑塘洼处去挖泥。

一团泥巴刚到手，一只小蜜蜂不识时务地飞落到了我探出裤衩外的小鸡鸡上。我忙躲闪惊呼，捧着泥巴仓皇跑上了塘岸。顿时，我感到了一阵刺痛。我发现我的小鸡鸡瞬间红肿了。我下意识地用手捂住。等我松开手，我看到小鸡鸡上沾满了黑泥巴。

芳龄笑了，拍着手。她手上也全是黑泥渍。

小妮倒有同情心，问我："哥，疼吗?"

沾上泥巴，我倒感到不恁酸痛了。我摇摇头，说："没事了。"

芳龄突然忙乎起来，东瞅西瞧。她弯腰捡起一根短枝条。

我看到芳龄在一个大一点的泥人两腿间插上了那根小棍。就听芳龄自言自语："差点忘了呢，没有这就不是男人哩。"

原来，芳龄看到我被蜜蜂蜇着的小鸡鸡，才想起给她的男泥人插个短枝条。芳龄真有创意!

“这个男泥人得跟他媳妇睡一块儿。”我站在一旁郑重其事地说。

“对，得睡一块儿。”小妮也响应，“俺爹俺娘天天都钻一个被窝呢!”

芳龄点点头，就把那个带小枝条的泥人挪到了一个泥人旁边。

“还不对。”我若有所思，说，“好像还差点啥。”

“还差啥呢?”芳龄搓着泥手说。

“他俩咋会有小孩的呢?”我指着明显是他们孩子的小泥人，启发道。

“那……”小妮忽闪了一下大眼睛。

“哦，有啦!”芳龄妹妹就是聪明，她拿起女泥人，安在了男泥人身上小枝条的另一端。芳龄用手指挑着枝条，两个泥人一上一下的就自由晃动了起来，真像玩跷跷板。

我激动得蹦跶起来，就像俺家那只公鸡撒欢打翅膀，也忘了刚才蜜蜂蜇的疼痛了。

小妮啪啪拍起了手。

这时，坑塘四周的树枝上传来一阵叽叽喳喳不安分的麻雀声。

“咱也过家家吧？”芳龄瞅着我，突然问。

一阵热风袭来，吹乱了芳龄的长发。

“咋过，芳龄姐？”小妮很兴奋。

“当然我跟哥过了。”芳龄瞅着我自豪地说。

“走，去塘里。”我兴奋地说，“那里清静。”

“好，你们先去洗洗手上的泥，我给你们画房子。”小妮说着就寻找树枝，在塘里一块干净松软的斜坡上，弯着腰歪歪扭扭地画出了一个大圈圈，说，“这是你俩的新房。”说着，又画了一个小一点儿的圈，说：“这间是厨房。”在厨房旁边，小妮又画出一个圈，说：“这是我的房子。”

画完，小妮自己乐了，笑着又自言自语：“再画条小狗吧，好看家。”

我和芳龄就幸福地躺在了“新房”里。

夏天的塘土温热松软，一点儿不比我的硬板床差。

芳龄仰面躺着，低声说：“咱俩过家家，也得有孩子呀，就像那俩泥人。”

“你说要几个孩子？”我偎在芳龄身边，小声问。

“越多越好。”

“嗯。”

“那我得跟那泥人一样，跟你一起玩跷跷板。”

“现在不行啊，我还疼着呢。”我猛地坐了起来，好像又被蜜蜂蜇了一下。

“那等你好了以后再玩吧。”芳龄说着闭上了眼睛。

我注视着蓝天下一朵飘浮着的白云。

我仿佛听到了小蝌蚪们说话的声音。

我双手下意识地捂住还隐隐作痛的小鸡鸡，以防可恶的蜜蜂再来偷袭。

小妮呢？我突然想起了小妮，忙抬头找小妮。

小妮抱着她的“狗”，睡了。

我这才注意到芳龄也困了。

我仔细看一眼身旁的芳龄，发现堂妹芳龄美极了，就像一朵粉红的花骨朵。她的耳朵像小水饺一样。耳旁的绒毛淡黄，我的鼻子一出气，那绒毛就随风而动。我真切地闻到了芳龄的体香。我禁不住抚摸一下芳龄藕白一样的胳膊。

这时，芳龄抽动了一下右腿。她把腿毫不客气地压在了我身上。她的腿上留有块块黑泥水的痕迹。

我忙闭上眼，佯装睡去。

芳龄的身体紧紧贴着我。

不一会儿，我就迷迷糊糊开着飞机，在白云上飞翔。芳龄也开着飞机，载着小妮，在我后面追赶。一朵朵白云迅速向后面移去……

那年夏天过后，我娘给我煮了一个鸡蛋，说："你这个生日过后，就该上学了。"说着，又递给我一个蓝布包。"这是你的书包，不能光疯玩了。"我娘严肃地说。

翌日一早，我挎上蓝书包走出门，却意外地发现堂妹芳龄躲在我家大门口。

我说："芳龄，你明年就能跟我一样去上学了。"说着安抚了一下她的肩膀。

芳龄点点头。

这时，小妮站在了芳龄身后。

芳龄扭头对小妮说："你后年就可以跟我一样，去上学了。"

我按一下空荡荡的书包，突然发现芳龄眼里噙着泪水。同时我看到小妮的眼里也涌出了泪花。

这时，那只蜇过我的小蜜蜂突然在我眼前一闪。

我不由得想起它带给我的阵痛，还有不可言传的甜蜜。

唉！我的清水一样的童年，随着那只神秘的晶莹剔透的小蜜蜂一去不复返了……

导师郑爽讲完，深情地盯着我们几个学生，他的心爱的博士生。我们明白他很气愤和无奈，或者说看不惯。眼前的事实是，我们中的两个同学腹部已明显凸起，那是一不小心所致。其实我们倒没什么，去一趟医院拿下不就行了。可导师不理解，十分不理解。无奈的导师就在上辅导课前，拿出了他的那只永逝的小蜜蜂。不得不承认，导师的这只小蜜蜂，真善解人意，令人神往。

## 一个响指

远远的一股牛粪香迎面扑来，一座现代化农业产业园横在了眼前。一面红旗和三面产业园的绿旗在空中飘扬。毕总站在气派的大门口，迎着大轿车袭来的气浪，双手接住走下车门的陆副镇长。

陆副镇长上周才从上面空降到镇里任副镇长，今天特来调研全镇的支柱产业发展情况。

毕总把产业园的情况有条理地做了介绍，遂带着陆副镇长一行去养殖棚现场参观。

路过“解牛”展厅，陆副镇长算开了眼界，“庖丁解牛”的释义运用得恰到好处。花花绿绿的图示和逼真的样本模型，无不证明牛身上全是宝，牛身上全是文化！真是“闻庖丁之言，得养生焉”。

待走到养殖场，陆副镇长感到牛粪不香了，牛粪真有点臭。看来，“牛粪香”是属于诗人的，远距离地嗅还可。这时，毕总示意一个男服务生给陆副镇长递上一只口罩。

陆副镇长戴上口罩，感到气息顺畅多了。口罩的清香把牛粪味拒之鼻外了。

陆副镇长看一眼男服务生，问毕总："我发现你们这儿的服务生多是男生，还有啥讲究?"

毕总笑了，点点头，望着陆副镇长说："您眼光真尖，不愧是市里下派的精英!"

陆副镇长不由得止了步，等毕总讲完。

毕总说："我们这儿是母牛繁育基地，阴盛阳衰，所以招的多是男服务生。"

"哦!"陆副镇长笑了，"有意思!"

养殖棚里数不清的黄牛自由散漫，东瞅西望。左边的一个棚里多是刚出生的小牛犊，一刻也不安分地东游西逛。右边的一个养殖棚里一排牛齐刷刷探头吃草，整齐划一，很是壮观。

陆副镇长不禁用手机拍摄了几张动人的照片。正拍着，一头黄白相间的牛，钻进了陆副镇长的手机屏幕。陆副镇长举着手机，目睹了这头黄白相间的牛的雄风。只见它抬起笨重的大头，腾起粗壮的前蹄，不失时机地趴在了一头肥牛身上，奋力地向前发力，发力，再发力。

陆副镇长笑了，指着那头黄白相间的牛，笑道："它真牛!"

毕总说："它就是牛，这头公牛可连战三头牛，是一头不可多得的上等公牛。有了它，这个棚里的母牛生育率明显比其他棚里的高。有个商人出了五万，我都没舍得卖它。"

陆副镇长啪地打了个响指。

这个贸然的响指，吓了毕总一跳。

当然，当时，毕总不知道陆副镇长有个雅号。后来，很快，毕总获悉了陆副镇长的雅号——"副皇帝"。陆副镇长常说："别说当皇帝，就是当副皇帝，我也知足，因为皇帝是三宫六院七十二嫔妃，那副皇帝，你们想吧，也不能低配吧?"当然，这是打诨，可时间久了，"副皇帝"的帽子就戴在了他的头上。

啪！陆副镇长又打了一个响指。仿佛空中一记鞭炮，脆响爽朗。

毕总双眼盯着陆副镇长。陆副镇长浑身的青春气息，如那头黄白相间的公牛般健壮、威猛。

翌日，一个大档案袋子摆在了毕总面前。

来人说："这是五万现金。"

毕总一愣。

来人一笑，继续说："陆哥大气，不要全牛，只要牛鞭，活牛鞭。"

"陆哥？"毕总还是没明白。

这时，来人的一个举动，让毕总茅塞顿开。来人盯着毕总，缓缓举起左手，爆出了一个响指。仿若炸了一声鞭炮，却无烟无味。

"活鞭？"毕总头一回遇见这样的罕事。

"嗯，活鞭。"来人推一下鼓鼓的档案袋。

毕总的心一颤，思忖着没了鞭的公牛留着啥用？

来人却转身钻进车里，扬起一阵风。

毕总点开手机："陆镇长，下午送去公牛，现场取活鞭——也算给您接风啦！"

毕总挂了机。手机里的笑声还在："你牛，我牛，它才真牛！”

“奶奶！”毕总跟着服务生，跟着服务生牵着的那头黄白相间的公牛，不知是喊公牛“奶奶”，还是咒骂公牛的奶奶。

毕总的眼突然有点酸。酸了眼的毕总耳边再度炸起无烟无味的鞭炮响。毕总忽地感到背后有风，愈来愈猛，愈来愈响。不是一声鞭炮响，而是噼里啪啦的连串鞭炮响。

毕总忙扭头。毕总一下傻了眼——

一棚母牛争先恐后破栏而出，冲着他奔来！

群牛破栏疯狂追逐公牛的视频，很快流出，很快刷屏。

陆副镇长看到视频，笑了一声，没想到这群母牛比他还强烈，还有过之而无不及！他举起右手，食指和拇指终没有摩擦出声音。

陆副镇长垂下右手，仔细观察食指和中指上磨出的暗黄的茧子，突然想起爸爸在世时说的一句话：“有时候，打个响指，能为自己增添信心。”可自己打的响指，咋变味了呢？陆副镇长忙拿起手机：“喂，毕总……纯属误会……那五万块钱，算我资助贵园，给那头公牛买点补品吧，也祝贵园兴旺发达!”

# 鼓　掌

我哥光知道感谢苏书记，却不知道苏书记还有一肚子文化。

那年村里修柏油路兑砖渣，我哥砸砖渣崩瞎了左眼。眼崩瞎了，换个假眼珠，我哥没啥怨言，还多交了几车砖渣。包村的苏副乡长（现在的苏书记）当即安排我哥进了村委班子。没想到我哥能时来运转。事实是随着苏副乡长的升迁，我哥也大踏步地前进，眼下是村里的掌门人。

苏书记在我哥面前，就是一座大山。

入冬不久的一天上午，村里驶来一辆大轿子车，第一个走出车门的是苏书记。接着下来十多位官员模样的人。其中有一个扎头发辫的男人。苏书记他们走着说着，走着比画着，一个个笑容满面。那大轿子车也始终尾随着，怕掉了队被扣在村子里似的。

苏书记对我哥说，市里要搞人居环境整治，还要评比观摩。村貌要换新颜，路灯要亮，道路要绿，废弃的坑塘也要披红挂绿，墙壁上还要有彩画和标语口号。我哥连声说好好，真好。总之就是要让村里美起来，亮起来，苏书记说。我哥挠挠头说，那费用咋办？心疼你那只眼，我安排让镇财政出。苏书记笑着说。

画画要突出地方特色，苏书记对身边的“头发辫”说。这个村叫柿黄村，所以要铺天盖地地画柿树，明年要发动群众在街两边都栽上柿树。哦，对了，要在醒目位置浓墨重彩地画一幅柿柿如意图，好好渲染一下气氛。

画家的长头发辫兴奋地飘了起来，好像灵感扑身而来。

另外，还要挖掘深层次的文化，苏书记瞅着我哥说，村文化。这个村为啥叫柿黄村，而不叫刘老庄、朱家寨，肯定有典故。啥时候栽的第一棵柿树？是明朝还是更早？或者也可以说是哪个皇帝南巡回来路过柿黄村栽的。柿树的果子，也就是柿子除了吃，还能弄啥？也就是深加工，做柿子醋，做柿饼子，等等。

我哥听天书一般着了迷，除了点头，就是转动那个好眼珠子。心里也犯嘀咕，村里村外柿树真少，有也不过一两棵，也没有人去想柿子酿醋喝着能长寿。

因为柿子醋，所以我们才被命名为长寿之乡，苏书记侃侃而谈。柿黄村的柿子生产的醋，消毒杀菌，味淳绵柔，皇家秘方调制，比山西老陈醋还老陈醋呢！所以长寿老人多。你可统计个数，夸张点也没事，没人较真的。

我哥不由得小孩子似的笑了。

至于柿饼子嘛，苏书记继续说，可以往哪个女影星身上靠，就说她常吃柿黄村的柿饼子，吃得貌若天仙，名扬海内外的。

哈哈，哈哈！苏书记真有才！

苏书记对随从的党委秘书说，就这样整理材料，让刘支书来汇报。另外再安排买几壶醋，买几盒柿饼子，打上柿黄村的标志。

我哥吓一跳，忙说，我能汇报成吗？笨嘴拙舌的，没见过世面。

汇报不成，苏书记半开玩笑半认真地说，汇报不成打瞎你另一只眼！好好练练吧。

这是你们村的新文化——柿子树上长出的财富！苏书记语重心长地说，文化嘛，是看不见摸不着的东西，越是看不见摸不着，它越厉害。领导大老远来观摩一趟，能记住的是啥？是路灯？还是绿化？城市里哪个不比村里的高档！领导能记住的是柿黄村的文化，柿黄村的醋能长寿，柿饼子能出影星！

这次我哥没跺脚。我哥的心里沉甸甸的，仿佛心里搁了个大柿子。

这之后我哥成了好说话的人，柿子醋，皇家秘方，能长寿；柿饼子，影星常吃，貌若天仙。这几句话挂在了我哥的大嘴上。

柿子醋在哪里？

柿饼子在哪里？

我嫂子质问。村里人也质问。村里人笑着说，墙上的柿子树能结果子？画里的饼能充饥？

你们懂啥？目光短浅！我哥的一只好眼愣着说，这是村里的新文化！

村里人倒接不上腔了，一时都犯嘀咕，明明是近在眼前的东西，咋感到天边一样遥远啊?

其实村里人想看到的，是实实在在的新文化，就像手里的大柿子一样，能一抛多高，再一下子接住，还能嗅一嗅那柿子的甜香味。

不久，村里迎来了一群浩浩荡荡参观的人。他们在那幅柿柿如意的大图前驻了足。很快有人看出了端倪。原来一夜之间，柿树上的两个大柿子，变成了一对亲嘴的小情侣。

这才是村文化嘛。有人笑说。

苏书记瞅我哥一眼，压低声音问，这是咋回事?

我哥的俩眼都僵硬了，支支吾吾地咬着牙搓起了手，直骂，哪个鳖孙涂画的!

一个领导模样的人笑道，人民对幸福生活的向往，这样的村文化，才符合现实嘛!

我哥没想到大家鼓起了掌。

我哥忙随声附和，也鼓起了掌。

因为我哥发现，苏书记也在起劲鼓掌。

## 桃李不言

众所周知，吴力老师对教学的痴爱，体现在了粉笔上。粉笔不离手，手不离粉笔。一次他从口袋里摸烟，摸出顺手噙在了嘴上，咋也燃不着，一看，是半根白粉笔。粉笔他还玩出了绝活，他能精准地弹出，击中目标。上课时，学生有瞌睡的，有左顾右盼的，他讲着课，不经意间粉笔头就弹射了出去，击中“目标”。大凡吴老师教的学生，没有不惧怕他的爱心粉笔的，上课都聚精会神。

村小学刚建校时就仨老师，其中有吴力。直到今天，他仍在学校里，只是不教课了，敲钟，看大门，收发报纸。背地里，他还做着老师和学生的思想教育工作，毕竟学校元老，发挥发挥余热嘛。他的姿态，是乐此不疲，那佝偻单薄、飘忽不定的身影，便是印证。

村里的这座庙是观音庙，年久失修的几间破房子，生产队时，在此是办学堂，还是设牲口房，读过私塾的吴力起了决定性作用。吴力说，在观音庙办学校，后人会有出息的。队长望望会识文断字的吴力，当场点了头。

从此，吴力不再干农活挣工分，而是靠教书拿工分。后来，工分不拿了，改为领薪酬，月薪 5 块。再后来，他成了民办教师，月薪 55 块。现在，他已转了正，媳妇熬成了婆婆。他的工资按大专文凭调的，比其他老“民办”高一两百呢。大家见了他，无论大人小孩，无论辈分高低，一律喊他吴老师。

礼拜天，闹腾的学校静了下来，树上的几只麻雀飞来飞去，吴老师就在办公室里自学。在学校学习的还有一个男孩。当然，那男孩是在教室里学习。那个男孩的爹说，儿啊，要想不干脏活，就学你吴老师；要想风刮不着雨淋不着，还是学你吴老师。

村校里，吴老师第一个报了函授。他想通过自学拿文凭，日后好转正。一次，吴老师学累了，出来伸懒腰，发现了那个自学的男孩。他回办公室拿来两个作业本，一支带橡皮的铅笔。男孩很感激，俩大眼望着吴老师，说，俺爹让俺向你学。他笑了，抚摸着男孩的头，说，好好学，将来当校长。

就在吴老师发奋自学时，报纸上传来了一个好消息，他的同学在地区里当了不小的官。当时的校长说，吴老师啊，快四十的人了，别傻学了，既然机遇来了，就去碰碰运气吧。学校连粉笔都不能足额供应的困境，吴老师很清楚。吴老师更清楚自己学问浅得很，吃力的自学前途很渺茫。后来，吴老师去找他同学了，骑辆破自行车去的，来回折腾三天多。大家都说吴老师转运了，要脱去“民办”的外衣了。可一天一天过去了，吴老师还是“民办”的样子，教课，自学，干点农活。大家也就松了劲。直到有一天，校长从乡里回来，带回一个天大的消息，大家才兴奋地出了一口气。上边给村校拨了一笔专款，用于翻改危房，建教学楼。楼盖好了，老吴还是老吴，民办还是民办。校长激动地在新楼启用仪式上说，吴力老师的功绩彪炳村校史册！

几年后，那个与吴老师一块学习的男孩，考上了师范学校。吴老师很高兴，搓着手连连说，村校后继有人啦！村校后继有人啦！当即给那男孩拿了路费。那男孩感激地说，谢谢吴老师！又笑着说，我还要谢谢吴老师的“爱心粉笔”呢！

一次，吴老师遇到了一件烦心的事情。其实，于他无关紧要，可他偏要上火着急。他就找来副象棋，邀一位男教师对弈。他戴上眼镜，码好棋子，望着男教师却久久不动棋子。后来几个回合，吴老师突然把棋子马，啪的一声搁在了他的帅头上。这一着儿，是要对方的命的。可男教师发现不对，责怪道，吴老师，你的马怎么走田了呢？吴老师头也不抬，静静地望着棋盘，良久，说，这马呀，在棋盘上，只能走日，乱来是要违规的。男教师察觉出吴老师话中有话，额头上瞬间渗出了细汗。吴老师听说，这男教师给女学生辅导时，不止一次地摸女生的手。那次下棋后，这位男教师就幡然醒悟了，还悄悄给吴老师送去了两包香烟。

后来，上边来了“民转公”政策，吴老师转了正。刚好他函授毕业，调工资时文凭起了作用。他激动地抚摸着红绒皮文凭，幸福地望着亲切的村校，心像天上的太阳一样温暖和熨帖。

这年秋天，村里那个男孩师范毕业了。男孩却没有回村，直奔了南方。吴老师听后，手里的粉笔掉在了地上，张着的嘴许久没有合上。吴老师让男孩当校长的梦就破灭了。吴老师望着南方的天空，长叹一声，作为男孩的启蒙老师，他很愧疚，又很困惑。不少人看到，他不止一次地呆坐在村校的传达室里，默默地在手心里翻滚着几根粉笔。

春节前的一天，我收到了一条微信。微信上说，从今年起，要年年给吴老师拜早年。我秒回，OK，并点下了兴奋的赞。

## 一张泛黄的照片

仿佛一夜之间，我家小区四周的门店雨后春笋般地冒出来十多家修脚堂。门面上的彩灯闪烁，充满了诱惑和温情。这天晚饭后，妻带我来到了一家修脚堂。这家修脚堂一间门面，仅一个女修脚师。这个修脚的女人三十岁年纪，身段苗条，脸上却有了明显的岁月印记。她正给一个男士修脚，捏着按着揉着，一刻也不停顿，仿佛有使不完的劲。她一看到妻，忙笑着叫了一声大姐，发现我，忙礼节性地打了个招呼。看来她与妻已经不是一般的顾客关系。

女人修完男顾客的脚，起身到店门口，啪地燃着根香烟，抽一口，吐出烟雾；再抽一口，吐出烟雾，尔后将剩下的大半截香烟弃掉。

妻示意我坐下。我坐稳后，不由得望了一眼门外女人丢弃的大半截烟蒂。

女人放下沉甸甸的一木桶热水，捋下额前的刘海，说：“大哥你头次来，今天我免费给您修脚。姐姐我们可谈得来啦。”

我忙说：“那哪行呢。”

“修脚呀，就是修心。脚心、脚心，脚离心能远吗？”女人边修脚，边自语。

女人说得多有诱惑力呀！我笑着问：“你一个人，不累吗？”

女人把我的脚当成了靶子，啪啪左右打得很有节奏，宛如水面扑棱棱嬉戏的鸭子，微疼而舒爽。

“累些，心里充实。”她边揉捏我的脚趾，边说，“一忙也省得胡思乱想了。”

“哎，你儿子呢？”妻突然问道。

“走了，脾气怪得很，说走就走了。”女人皱了一下眉，说，“直到前天离开，也没叫我一声妈。”

“别生气，这事也怪不得你。”妻一边安慰女人，一边对我说：“她前夫的孩子，十五岁了吧？”

女人点点头，说：“这孩子十四岁零八个月了。”

妻仍瞅着我，说：“这个妹妹老家是湖北山区的，十五岁那年被拐骗到了河南，卖给了一个四十多岁的男人。男人怕她跑掉了，就把她关在一间土屋里。这一关就是三年，吃住在土屋，屙尿在土屋。”

哦，我吃了一惊，看来现实生活比小说还要深刻。

“后来，我怀孕了，才允许我到土屋外遛遛。”女人接着话题说，“到屋外，我睁不开眼，揉揉眼睛，才勉强能看清东西。当时我就哭了。孩子生下来，是个男孩，我一点都不高兴。没有感情，有什么意义呢。男人买媳妇借了一屁股的债，只好外出打工，打工的第二年，意外触电身亡了。”

听着女人的故事，我心想，苦难的日子会把人的心打磨得像石头一样坚硬。“处理男人的后事，我没流一滴眼泪。”女人继续说，“后来我把所有赔款都交给男人的家人，我说，这钱，我一分不要，一半养老人，一半养孩子。后来我就打工去了。”

“打工期间，遇到了一个大我十二岁的男人。”女人边认真地按脚，边接着讲，“这个男人是你们这儿的人。”

没料到女人讲到这儿，竟笑了一下。

女人似打开了话匣子，说："这男人很疼爱我，我就贴心跟了他。春节快到时我才知道男人的真相——他是有家有孩子的人。打工的谁不回家过年呀，可男人坚决不让我跟他一块回家。男人诓我说，打工没挣到钱，为了省路费，他一个人回去看看就回来。我说，我有钱呀。男人不容我说话。我就感到不是回不回去的事了，就自己买车票尾随着回了男人的村子……真相大白后，我只能哭着离开了。我仅留下那男人的一张照片。"

"这个小妹妹，没再外出打工。"妻说，"她开了这家修脚堂，自己经营，手艺好，人活泛，生意可好了。前不久，她的那个儿子辍学，来她这儿，打打杂，不料想又走了。"

"生不如养，我没养他，他不叫我妈。"女人说着擦干我的脚，弯腰端起木桶。再回来，却掏出了香烟。她让我抽，我摆摆手。她扭身出了店门，站到店门口，啪地燃着，缺氧了一样猛抽一口，吐出，抬头望望远方；再猛抽一口，又吐出，转身进店。我眼睁睁看到女人没有再抽第三口，就把烟丢弃了。

女人到屋里，似自言自语："我已经犯了两次错误，所以我就只抽两口烟，决不抽第三口的，因为我再也错不起了呀。"

"那个男的还跟你联系吗?"我贸然问女人。

"呵呵，他倒是跟我联系过几次，我没再搭理他。不能毁一家，成一家呀。"女人说，"不过，我这男朋友可好了，个子一米七多，俩大眼浓眉毛。"

我望望女人。没想到女人不仅善良，还恁深情。

女人说："我这儿还存着他的一张照片呢。"说着转身走向柜台。

我一愣，接住了照片。照片已经泛黄，还有灰渍。细看照片上的男人，确实浓眉大眼，但其面相，我断定应是混在人群里，也不好找的那种。

"我说的对吧，个子一米七多，俩大眼浓眉毛，可好看了。"女人说着说着脸色起了红晕。

看来女人真心喜欢这个男的，要是这个男人没家没孩子，他们一定该幸福地结婚了。

我安慰她说："趁年轻，就再找一个吧。"

她不置可否地笑笑，说：“不急的，等有合适的，再说吧。”

女人送我们到店门口。她久久望着我们离去。我和妻笑着朝她摆摆手。我分明感到我的脚走起路来很轻。我扭头发现，倚在门旁的她顺手摸出根香烟，燃着。我真切地听到，她猛抽了一口，吐出；又猛抽了一口，再吐出。

不久的一天晚上，妻从修脚堂回来，说：“那修脚女人不抽烟了，连一口也不抽了。”

我一愣，就猜想，她的生活应是有新的内容了。

“她有男朋友了。”妻说，“她找的是个盲人。”

“盲人？”我张大了嘴巴。

“就她隔壁按摩的盲人师傅。她说，找个盲人，没啥不好的，眼瞎心明。”

“她要与更难的人一起生活。”我嘀咕一声，突然问，“那张泛黄的照片她还保存吗？”

“毕竟是一段感情，”妻子接道，“她会随意丢掉吗？看来，每个人心中都藏有自己的心爱。”

## 一个人的钢琴声

理查德·克莱德曼，他一提这个名字，他夫人就笑话他，说真能耐，就记住了这一个外国钢琴家的名字。

夫人也知道，他对理查德·克莱德曼情有独钟，连他的手机彩铃都是大师演奏的钢琴曲《献给爱丽丝》。手机不知换了多少个，可彩铃一直是《献给爱丽丝》，百听不厌。他说听德曼兄的钢琴声，提神健胃，心清气爽，胳膊大腿有使不完的劲儿，打篮球抢篮板，一蹦多高，十多秒还落不到塑胶上。可惜，手机彩铃响的次数不多，换句话说，打他手机的人少。因为他只是一个科员，无职无权。他曾私下里嘱咐夫人没事时也一天拨打几次电话，他光听铃声不接通。

然而，突然变了，他的冬天结束了，春天来了，百花竞相开放。

突然，钢琴曲《献给爱丽丝》在裤子口袋里弹奏开了。他顿时浑身通泰，闭目欣赏了足有 10 秒的曼妙弹奏。手机屏上一串陌生的数字在闪烁。他优雅地止住了大师的弹奏："喂，哪位？好、好、好、好！"

原来是一个重要部门的带"长"字的平时联系不多的人，亲自说情免罚单的："吴队长，一个朋友的车，能免 100 是 100 吧？"

哦，忘了介绍，他是管理城市的人，中队长有 100 块的豁免权。

突然，大师又弹奏开了。听这首曲子真是享受！在欣赏中他猛然醒悟，这位大牌钢琴师的弹奏明显比先前频繁了。原来是某开发部项目李经理说情免单的。100 块钱对他来说还是钱吗，值当亲自打个电话？

突然，熟悉的钢琴曲在副驾驶座上弹奏开了。这次他直接挂了机，好像有点心烦。

不久的一个饭局上，他与那个李经理一对一喝着纯生啤酒。李经理说，免多少，那不是钱的事，是说情人的脸面，也是人的社会价值的体现。他笑笑。李经理又提到一个人，让他一下子抖洒了杯子里的啤酒。因为这个人曾不止一次找他“免100”。李经理说，这个人昨天下午出事了，听说有2000万的事。他咕咚一口啤酒咽下肚，一时算不清100占2000万的比重。

某天，他向大队长提了一个建议。没想到大队长爽快地点了点他肥硕的大头。当时，大队长一愣：“你嫌权小?!”

他说：“我受够了一边是清纯的钢琴声，一边是充满狡诈的交易!”

他这个建议是——取消中队长的100元豁免权。

后来，听说不少中队长对他颇有微词，这也在他预料之中。

没了豁免权，轻松自在又回到了他原先的生活。只是没想到，他很快被调到另一个部门，孤零零仨兵，天天闲得跟苍蝇说话，举着的蝇拍都不舍得落下。有时他望着静静的手机保持沉默。德曼兄如水一样的钢琴声还得靠亲爱的夫人适时地馈赠几次。

这天中午下班前，他伏案睡了一会儿，做了个梦，又拥有了那100块的豁免权。当然是大队长恩赐的权力。只是大队长的恩赐他还没来得及启用，梦就醒了。是楼道传来的仓促的踢踏声惊醒了他。他迷迷糊糊打开办公室的防盗门，突然一个披头散发的女人冲了过来。他一趔趄。

下午下班前一分钟，他的手机冷不丁发出了钢琴声，清晰起伏，大珠小珠落玉盘。他正想耐心听会儿，斜眼一看是大队长的手机号，忙滑屏接听。他没料到，大队长想要破例给他豁免权。

他稍一犹豫，说："大队长，规矩面前人人平等，我不能坏了规矩。"

大队长有些意外，好久没吱声。

"大队长，我俩眼白内障，看东西模糊得很，正想找您请假做手术呢。"

"好！好！"

挂了机。他长出一口气。他没想到听着德曼兄的钢琴曲，自己变得淡定了，从容了。

他抬手夸张地用座机拨了一个号码。他亲眼看着信号像一只喜鹊，从办公室扑棱棱飞出，绕着圈飞到中国移动，盘旋半个城市，又飞回到办公室，一头扎进眼前的手机里。黑色手机似被点了穴位，一激灵叫响了。理查德·克莱德曼又激情地弹起了《献给爱丽丝》。在钢琴声中，他隐隐听到大队长喃喃自语：“好同志还是有的嘛!”

## 春花烂漫时

声音像瞬间撑开的伞一样罩住了村里的角角落落。村支书老许的声音，有烟味，有红薯味，还嘶哑。那声音让村人熟悉得跟自己的手一样，可摸可看。

“各位乡亲，今天的《喇叭开讲》晚了两个小时，现在是上午 10 点 02 分。为啥晚了时辰？是我在琢磨大年初一以来，我们咋过来的。这个叫‘新冠’的病毒，可能是最后一次上喇叭了！这是好事啊！虽然好端端的年没过好，好端端的亲戚没走好，可我们挺过来了，赶走了瘟神，战胜了恶魔！一些事历历在目，我们不能忘啊——

“老村医许文志送给我们的那年‘非典’时期的‘发热笔记’，有经验，有教训，很好地帮助了我们。那年，他因喝点酒，没看好一个打工回来在隔离点的年轻人，这个年轻人夜里偷回家里找媳妇，村医被解雇了。文志是有责任心的，只是那年轻人太想媳妇了！

“许振军从北京援助口罩、酒精、消毒液等，这些大家都知道了。我现在戴的这只口罩还是振军买的呢。许振军在外混得好，还没忘家乡。值得点赞！

“还有社区的阿夫，别看这小子文化浅，但胆大，也有头脑。前几年开发弄了不少钱，这次给我们每家每户送的‘爱心菜’，谁能忘呢？关键时刻显大爱！

“还有我们的骄傲，正读武汉大学的晓鹏，自觉隔离，每天收集疫情，才使大家心里透亮。国家领导人去武汉，晓鹏第一时间告诉了大家。呵呵，还有个秘密，今天可以在这里说了，那就是刚开始防疫时，晓鹏不让他妈出门，他妈还跟晓鹏吵了架呢。这孩子是好样的！

“还有我们的许天胜，都剩男了，还没有找到媳妇。这次大显身手，一连在卡点值了五天五夜的班。一拃没有四指近，天胜心里有数。

“我们还有很多难忘的镜头，我不一一列举了，真是危难时刻见真情啊。现在的情况是，纺织厂生产恢复了，我们的麦田拔节返青了，孩子们也迈入了学堂，许晓鹏前天返回了武汉！我们能不高兴吗？

“我曾预言，桃花红，梨花白时，那个叫‘新冠’的病毒，会完蛋的！那句话说得好，人心齐，泰山移！”

村支书老许的《喇叭开讲》，是村里的一道风景，尤其是这天的开讲，引起了强烈反响——

远在武汉的晓鹏，打开手机，让室友们听了个明明白白。室友们无不夸赞老支书讲得好，讲得实在，纷纷刷屏给晓鹏送去了灿烂的红玫瑰。

开发商阿夫，真切地理解了金钱的价值和人生的意义。

在首都发展的许振军，他感到身后的靠山更踏实了。

剩男许天胜呢，听说有名气的媒婆悄悄上门了。

老村医许文志郁结了十七年的疙瘩，终于一朝释怀：一个地方，绝不能跌倒两次！

又是一年花开时。在村头大喇叭里，村支书老许说：“看见花开——油菜花黄，桃树花红，梨树花白——我想起了那场叫‘新冠’的疫情，真耽误了我的事，我光修牙补牙损失了多少钱？呵呵，有得有失，通过组织抗击疫情，我又看到了人的心。我们的心是团结的，我们的心是透明的，我们的心是一起跳的！”

村支书老许还是个牙医。

## 老井里的文章

傍晚吃饭时，刚退休的教师袁保民的心脏猛烈地抖动了一阵，比早搏感觉要厉害得多。袁保民一蹾饭碗，说：“这哪像我的学生！”老伴不禁埋怨自己是絮叨嘴子，不该在饭桌上说大超的老娘人老了还光想吃火腿肠，一个月没过滑落进了土井里两次。袁保民摇着头说：“看来，我这当老师的，还得做做老井的文章呀。”

老伴嗔怪道：“就你事多！”

原来，大超的老娘独自一人住在村头，两间简易房旁有一眼老井，那是生产队浇菜园时打的水井，早干枯了，也滑落了好多土。

一大早，袁保民徒步走向村北乡道边大超副食超市，老远就看到了超市旁的一只黑色大狼狗不服气地活蹦乱跳。大超和他媳妇玉后正往外搬运一件一件的东西。农村超市大都喜欢把东西搬到超市外，一排一排地等着客户挑拣。靠西的一排红绿相间的成箱的东西，扎了一下袁保民的眼睛。那是一排火腿肠。箱子上彩印的火腿的横切面灿烂地发出香喷喷的气味。与此同时，袁保民发现铁链子拴着的狼狗脚下凌乱地散落着撕咬的火腿肠塑料碎皮。

“保民大哥。”大超发现了袁保民，忙打招呼。

“啥保民大哥？他不是你小学老师吗？”玉后忙笑着纠正，“该喊袁老师，哦，不对，应该喊袁校长的。”

“呵呵，这超市开得不错呀。”袁保民说，又抬手一指大狼狗，“连狗都吃上火腿肠了？”

“哦，那是过期的。”大超笑着说，“老师，过期的不能卖吧？卖了也对不住老师不是？”

听了大超的油腔滑调，袁保民一阵不舒服，就直说：“大超，听说你娘想吃火腿肠都吃不上？”

“那不是都送着的嘛，”一旁站着的玉后忙接腔，好像早有一股子气要吐出，“一天到晚光吃火腿肠，搁谁也供应不起！”

“玉后，老师来了，就少说一句吧。”大超看出袁保民神色有些异样，忙让烟。

“呵呵，我也是听说的。”袁保民说着转身离开了大超的超市。

“退休了，不闲逛还能弄啥?”玉后嘀咕一句，就进了超市。

隔了几天，袁保民又出现在了大超超市门前。袁保民还是悠闲地望着那凶猛的大狼狗。机灵的大狼狗瞅着袁保民，好像知道眼前的小老头的身份，就很识趣地没敢耍威风。

“老师退了，多悠闲呀。”大超谄笑着说，“哪像我们忙得满头大汗。”

“玉后呢?”袁保民问。

“她进城起货去了。”大超说，眼睛却一直盯着袁保民。

“大超，你亏了是我的学生。”袁保民说着摇了摇头。

大超的眼睛瞪大了。

“我没教过你这样没脑子的学生。”袁保民说着转身走了。

“哎，老师，老师……”大超连声喊着，袁保民却头也没回。

天快擦黑时，玉后随着满满一货车东西才回来。大超小声说：“玉后，今儿一早，老师又来了，说我没脑子。”玉后一愣：“咋个没脑子了？”她一屁股坐下，好久没言语。

一会儿，玉后说：“看这糟老头子还来不来吧，来了我好好会会他。唉，没见过他这样的老师！”

果然，袁保民又来了。还是一副悠闲的样子。拿着退休金，不悠闲才怪呢！玉后心里厌烦着，却笑吟吟地迎了上去，说：“保民哥，你不抽烟，我给你泡杯茶吧。”

“大超呢？”

“他一早送货去了。”

“真辛苦。”袁保民点点头，又摇摇头。

玉后俩眼很有防备地紧紧盯着这个儒雅的小老头，说：“有话就直说吧。”

“看在大超是我的学生分上，我就不绕弯了。”袁保民说，“玉后，你们生意干得不赖，可咋都没脑子呢？”

玉后的眼睛瞪大了。

“玉后，你婆婆的历史，你不知道？”袁保民说，“你们放着金饭碗不端，能说有脑子吗？”

玉后的眼睛瞪得更大了。

“你婆婆呀，年轻时十里八村都找不到恁俊俏的。”袁保民说，“她那年被一个男人相中了，这个男人是个当兵的，他们断断续续有几年吧。只可惜没来得及定亲结婚。听说那当兵的混了个营长还是团长，去了台湾。唉！”

玉后皱了一下眉头，说：“嗯，我好像也听谁讲过婆婆还有这段浪漫的历史。”

“可你们想过没有，”袁保民压低声音说，“那当兵的在断断续续几年间能亏了你婆婆？珠宝首饰啥的，谁能说清？”

“不会吧？”玉后不大相信，摇摇头。

“我问你，”袁保民气势逼人，说，“她为啥光往她住的旁边那眼土井里跳？好在那土井浅了没水，万一有个好歹，这不就成永远的谜了？”

袁保民吁口气，眯缝着俩眼瞅着玉后。袁保民发现玉后的脸色一会儿红，一会儿白，就轻声说：“那井里有什么，谁能猜出？你和大超可是村里的聪明人呀。”袁保民说着就抬腿欲走，突然，又回过头来，说：“玉后，我提醒你们，现在的人精明，千万要注意保密哦。”

望着袁保民单薄的背影，玉后仿佛铁钉一样钉在了那里。

一天傍黑，袁保民吃过晚饭正准备出去溜达，大超和他媳妇玉后迈进了他家的大门槛。袁保民发现大超和他媳妇手里拎着几件东西。进了堂屋，袁保民看到有一件火腿肠，就说：“把这件火腿肠给你娘送去吧。”玉后忙接道：“我娘那儿有，大超送去两件呢。”

时间不长，袁保民送他们出来时，慢悠悠地说：“你们放心，学生听老师的，老师自然也会听学生的。我一定会守口如瓶的。呵呵。”

远远的夜色里，门楼下站着的袁保民听见大超说：“像袁保民这样的老师真不好找！”

袁保民品味出学生大超的话音是自豪和真诚的。猛然，他感到心口窝那块地方一跳一热，喃喃自语：“只要有故事，没有不打动人的！”

# 敲　门

那天下午，我把柳条栅栏门推倒了。柳条栅栏门是奶奶和我娘的。爷爷奶奶住后院，我们住前院。一个大门出路，也就只有一个门。那时候不可能有现在这样的铁大门，那时有的就是满肚子的饥饿。我就是饿得心慌才跑回家的，没刹住脚，就把门撞倒了。

奶奶瞅着歪倒的栅栏门说，过门时记着要敲门。奶奶肯定是嫌她这个孙子毛手毛脚。奶奶说这话时，一旁的我娘微笑着，还点了头。我没觉得奶奶是责怪和批评，倒感到了老人给我的鼓励和安全。看来敲门真的很重要。可一个漏风的木栅栏门，值当敲吗？就是敲，它能发出声音吗？我看只有用木棍敲，才能发出脆响来。

儿时的这次没来得及敲门，撞倒木栅栏门的事，我隐隐约约觉得是我人生真正有记忆的开始。那时起，我懵懵懂懂地会思辨了，门和胃，敲和吃，您说哪个更重要？

反正在奶奶看来，敲门不是件小事，敲门代表着许多内容。奶奶要求的敲门，竟激活了我不到四岁的脑细胞，让我打开了记忆之门。

今天，怎么突然想起这宗遥远的敲门的事来了呢？

事出有因——

昨天，我敲了我的头儿的门。头儿办公室的门，是一扇厚重的防盗门。

我在七楼，头儿在三楼。听办公室主任通知我的声音很急切，跟催命鬼的声音相似，充满怪异：快点，快点！头儿找你！我判断头儿找我有大事，有急事。我顾不上按电梯的开关，就沿步梯直奔三楼。一口气冲到三楼306办公室门口。心怦怦跳，仿佛做了坏事。气喘吁吁，俨然一位病态老人。其实，我才人到中年，前不久才提的科长，后面的路还长着呢。坐机关明显坐出了一身亚健康。我举起右手，五指并拢。头儿在门里。一门之隔好像两个世界。一墙之厚仿佛咫尺天涯。头儿叫我有急事，有大事。攥紧的拳头担负着天大的使命。威严的头儿令人敬重和畏怯。思忖瞬间，咚！咚！咚！三记重拳落在了铁门上，厚重而尖锐，热烈而激扬。事后才明白当时我的左大脑空白了，出现了短暂的间歇，所以右手失灵了，竟然砸起了门板。是砸，不是敲。事后，同事训诫我：门要敲，不要砸，这点常识你不懂吗？

铁门却没有动静。

铁门仍面无表情。

我的右手背面撞击铁门的细骨头突然疼了起来。

我左手抚摸一下右手背。

这时，门缓缓打开了。裂开了一条缝。

我一惊，下意识地后退了一步。

啪！门又合上了。

随着一股气流，头儿扔出三个字，砸在了我的脸上，就像一分钟前我的右手砸在门板上：重、新、敲！

啊！我顿时眩晕。

清醒片刻，我举起了左手。我的左手肯定没有右手有力，因为我不是左撇子。再说，左手经常是右手的配角，低调，稳妥，有担当。

果然，我的左手刚触着凉意十足的门板，门便打开了。

头儿盯着我看一眼，再看一眼，突然晃动一下右手，朝门外摆了两下。

我刚想张嘴说什么，那门便又啪一声关闭了。

看来，是敲门敲出了毛病，敲出了事端。把头儿敲烦了？还是头儿心里烦躁？

于是，我就想起了几十年前我把柳条栅栏门推倒的事儿。奶奶说的敲门肯定不是这个敲法。奶奶光知道敲门重要，可并没有教我咋敲门入情入理啊！

转身返回到步梯上，我想起了前不久的事，恶心人的事，又不便启齿的事。那天好像有个急件，需面见头儿请示。我不知道头儿的门虚掩着。我还不知道那天是个礼拜天。忙乎起来，人都会晕的。那天我就晕了。手还没碰到门，门就滑开了。也可能是一股风吹开的。眼前的那情景是再庸俗不过的。无非是苟且之事，自从有男有女就有的事。传说中的吃了善恶树的禁果的亚当和夏娃，开了先河后，这样的事屡见不鲜。无外乎头儿扎进女秘书诱人的怀里。那时尚的女秘书着实诱人，一朵粉红花儿一样，哪个公蜜蜂不想上去欢快地采一番呢。庆幸的是我敏捷地、悄悄地抽回了门里的一只脚。还庆幸的是头儿的大头仍埋在女秘书怀里，换句话说，头儿肯定发现不了推门的是谁。没有干系最好。没有干系一身轻。一瞬间我倒觉得犯错误的不是头儿，是我本人。思之再三，错误我是有的，是仓促间没敲门的错。门虚掩着，没来得及关闭，也足见头儿与女秘书的干柴烈火多么旺。还是奶奶说得对，进门要记得敲门。

我真想找奶奶好好唠唠，关于敲门的事，关于敲门的理。只可惜奶奶早躺进了地下。如今想想，那天奶奶说的敲门，让我轻松，对我还充满着浓浓的慈爱。我忽地明白，敲敲门，自己好像长大了。有时自己也得敲敲自己的门，开开自己的窍。我怎么能砸头儿的门呢？头儿猜疑被人发现了龌龊之事，心情咋能好呢？头儿不会怀疑我吧？我不敢多想了。我只有转移精力，去想我的奶奶。奶奶虽没文化，咋比有文化的还文化呢？那一阵子，我为不能见着奶奶理论关于敲门的事理而寝食不安。更为自己像敲门这类的事都做不妥帖而久久黯然神伤。

在我的奶奶和头儿之间，我千方百计用“敲门”去建立联系，几番调试，总是失败，总是嫁接不上。会敲门，才能混世界。奶奶不是从小就教了我吗？“敲门”，这俩字到底蕴含多少人生况味？我不由得问自己。也只能问自己，敲自己的门。

# 一块属于自己的地方（代后记）

莫言说："一个作家必须要有一块属于自己的地方。"工作之余，我成功寻觅到了一块地方，一块属于我自己的美丽的地方——百花芬芳的《百花园》!

2018 年 12 月，当得知拙作《父亲的麦粒》获得第十六届中国微型小说年度奖（2017）三等奖时，心里那个激动，仿佛中了彩票，心怦怦狂跳不止。须知，这是中国微型小说界的大奖，我的习作能入围并获奖，实属幸事！这篇习作就发在《百花园》月刊，还被《小说选刊》转载了。

仔细算一下，自己摸索着写小小说二十多个春秋了，大部分都发表在《百花园》上。是她的不吝鞭策和厚爱，让我加入了省作家协会和中国微型小说学会。掐指算算，第一次上《小说选刊》，是 2015 年第 11 期《百花园》刊发的《一茶杯温暖》；第一次获

《小说选刊》年度微小说精品奖（2016），是《百花园》2016 年第 3 期发表的《挂历上的数字》；第一次参加笔会，是《百花园》杂志社 2006 年 4 月主办的龙湖笔会……

人生能有多少个第一次？那么多第一次都与她密不可分，能不日久生情吗？有次出差，路过郑州市伊河路 12 号，我让司机停下，昂首挺胸地站在《百花园》杂志社门口留了个影。司机给我拍完照，看着大门口小小说的牌子，恍然明白了，笑说："差点忘了，我许哥是个小小说作家呢！"我久久望着这座普通的临街的楼房，说："这是一座百花园，百花园里百花香。"司机挠挠头，发动了小车，又似意犹未尽，好像被我启发了灵感，他继续说："许哥的《与父亲唠嗑》差点儿让我哭鼻子呢！"我笑说："你说的那篇'唠嗑'，就是刚才我站的那个地方，他们发表的，好几个选本都转载了呢。""哦！"这下司机顿悟了。关于这篇习作《与父亲唠嗑》，我记得，而且永远会记住，王彦艳老师在百忙之中的回复："好作品！留用。"几个字，让我感到了王老师由衷的兴奋，一个编辑发现一篇好稿子的兴奋。

说真的，能走进属于自己的百花园，倾听鸟语，呼吸花香，袒露心声，我很幸福！

（原载《百花园》2019 年第 9 期）

## 许心龙小小说新作发表、转载篇目索引

《忆一场爱情》

原载《百花园》2020 年第 3 期

《小说选刊》2020 年第 4 期转载

《失心》

原载《小说月刊》2019 年第 12 期

《改错》

原载《百花园》2020 年第 2 期

《微型小说选刊》2020 年第 12 期转载

《粗心记》

原载《小说月刊》2020 年第 2 期

《微型小说选刊》2020 年第 6 期转载

《我们不能抓贼》

原载《微型小说选刊》2020 年第 1 期

《时代报告（奔流）》2020 年第 4 期转载

《吃请》

原载《微型小说选刊》2019年第4期

《送你一束玉米花》

原载《小说月刊》2019年第2期

《我们家的冠军》

原载2018年11月30日《商丘日报》

《我们那时候》

原载《百花园》2018年第11期

《微型小说选刊》2018年第23期转载

《母亲的麻将和孙子媳妇》

原载《百花园》2018年第3期

《微型小说选刊》2018年第10期转载

《粮本，粮本》

原载《百花园》2018年第2期

《微型小说选刊》2018年第7期转载

《笑到最后》

原载《百花园》2016年第12期

《小小说月刊》2017年6月上半月刊转载

《小小说选刊》2017年第13期转载

《就恋这把土》

原载2019年1月26日《人民日报》(海外版)

《小小说选刊》2019年第5期转载

《走一回父亲走过的路》

原载《百花园》2019年第4期

《与父亲唠嗑》

原载《百花园》2018年第1期

《微型小说选刊》2018年第6期转载

《小小说月刊》2018年9月上半月刊转载

《父亲的麦粒》

原载《百花园》2017年第10期

《小说选刊》2017年第9期转载

《微型小说选刊》2017年第22期转载

《金山》2019年第1期转载

《我哥那绺体面的头发》

原载《山东文学》2018年第8期

《小小说选刊》2018年第16期转载

《微型小说选刊》2018年第18期转载

《放飞吧》

原载《小说月刊》2017 年第 6 期

《最美酒鬼》

原载《小说月刊》2017 年第 12 期

《微型小说选刊》2018 年第 9 期转载

《始作俑者》

原载《精短小说》（绿版）2018 年第 4 期

《俺也给羊喂把草》

原载《山东文学》2016 年 12 月刊（上）

《小小说选刊》2017 年第 4 期转载

《挂历上的数字》

原载《百花园》2016 年第 3 期

《小说选刊》2016 年第 5 期转载

《微型小说选刊》2016 年第 23 期转载

《再活五百年》

原载《百花园》2016 年第 12 期

《微型小说选刊》2017 年第 5 期转载

《猪的幸福》

原载《百花园》2015 年第 4 期

《特别关注》2018 年第 2 期转载

《昆山日报》2018 年 4 月 8 日转载

《微型小说选刊》2018 年第 12 期转载

《拿手活儿》

原载《百花园》2017 年第 6 期

《微型小说选刊》2017 年第 14 期转载

《有意志的卒》

原载《百花园》2018 年第 4 期

《抗旱》

原载《百花园》2017 年第 2 期

《微型小说选刊》2017 年第 9 期转载

《光明的搓背者》

原载《百花园》2016 年第 10 期

《微型小说选刊》2017 年第 6 期转载

《一茶杯温暖》

原载《百花园》2015 年第 11 期

《小说选刊》2016 年第 1 期转载

《官料》

原载《时代报告（奔流）》2020 年第 4 期

《掰手腕》

原载《啄木鸟》2016 年第 7 期

《捉迷藏》

原载《微型小说选刊》2018 年第 14 期

《一个人的钢琴声》

原载《金山》2020 年第 7 期

《微型小说选刊》2020 年第 15 期转载